MW01273389

15 légendes extraordinaires de dragons

FRANÇOISE RACHMUHL

15 légendes extraordinaires de dragons

Illustrations de Frédéric Sochard

Castor Poche Flammarion

87, quai Panhard-et-Levassor – 75647 Paris cedex 13
ISBN : 978-2-0812-0685-4

Avant-propos

Attention ! Les dragons arrivent ! Couverts d'écailles, munis de crêtes et de griffes, agitant leurs ailes membraneuses et leur queue serpentine, ils peuvent, selon les circonstances, vous sembler épouvantables, terrifiants ou amicaux. De toute façon, ne craignez rien : tout droit sortis du cerveau de l'homme, les dragons n'existent pas. Cependant, faisons semblant de croire en leur existence et dessinons leur portrait.

Le portrait du dragon

Le mot dragon *vient d'un verbe grec qui signifie « regarder fixement » — donc fasciner — à la manière des reptiles. En effet, la principale caractéristique du dragon est d'avoir un corps de reptile, long, sinueux, à la peau écailleuse, qui l'apparente à celui d'un serpent, d'un lézard ou d'un crocodile, voire d'un animal préhistorique, ichtyosaure ou tyrannosaure.*

Dans les anciennes cosmogonies, qui tentent d'expliquer la formation de l'Univers, le dragon apparaît souvent comme un gigantesque serpent. En Mésopotamie, la forme de Tiamat, la mer, assimilée à un dragon femelle, a des contours mal définis. En Chine, les premières représentations du dragon le montrent déployant avec élégance sa silhouette mince et onduleuse, dépourvue d'ailes.

Mais au fur et à mesure que les siècles passent, le corps du dragon devient plus complexe ; il se munit non seulement d'ailes, mais aussi de barbe, de cornes, de pattes griffues ou de serres. Il les emprunte à d'autres animaux : porc, âne, chèvre, lion, aigle, tortue, chauve-souris, et j'en passe... Il peut même avoir plusieurs queues, et surtout plusieurs têtes. Le dragon est, par excellence, un être composite.

Quelle que soit son apparence, il a partie liée avec les quatre éléments. Il vole, il crache des flammes, il demeure dans des grottes ou des souterrains, ou bien il vit au fond des lacs, des fleuves ou des mers, tour à tour maître de l'air, du feu, de la terre ou de l'eau.

Il se trouve partout. Et si nous le rencontrons plus fréquemment en Europe et en Asie, nous pouvons en dénicher quelques spécimens sur les autres continents.

Les fonctions du dragon

Le dragon est un être profondément ambivalent, soit qu'il incarne la nature, bienveillante ou terrible, soit qu'il représente l'homme dans toute son ambiguïté.

Chez les Anciens, en Mésopotamie ou en Grèce, il symbolise le chaos primitif. Un dieu survient, le dompte et peut alors établir l'ordre dans le monde et présider à son organisation. Mais le dragon vaincu a son utilité : à partir de son corps est façonné l'Univers. Ou bien, s'il a la forme d'un serpent, tel Yormundgand dans le mythe scandinave, il sert à ceinturer la Terre, qui se présente comme un disque plat. Qu'il cesse de remplir son emploi, la Terre éclate, et c'est la fin du monde.

Chez les Indiens d'Amazonie comme en Chine, le grand serpent des origines — maître de la terre et de l'eau — prend part à la création. Les ondulations de son corps creusent les lits des fleuves et dessinent leurs méandres. En Égypte, la victoire momentanée du serpent Apopis sur le dieu Rê explique les éclipses du Soleil. Quand Hercule tue le dragon gardien des pommes d'or dans le jardin des Hespérides, Junon transforme celui-ci en constellation : noble fin pour un monstre ! Ainsi le rôle du dragon est-il d'expliquer certains phénomènes de l'Univers, qui, dans les époques primitives, échappent à la compréhension des hommes.

Il est souvent assimilé aux forces naturelles. Souverain des eaux, il peut aussi bien donner aux champs assoiffés la pluie tant attendue que provoquer des inondations destructrices. Aussi, pour se le rendre favorable, les hommes ont-ils imaginé de promener son effigie dans des fêtes et des processions.

Mais le dragon a encore d'autres fonctions. Puisqu'il participe au grand cycle de la vie et de la mort, il est capable de conduire les humains vers l'Au-delà ; il sert d'intermédiaire entre eux et les dieux : c'est sur le dos d'un dragon que l'empereur Huangdi monte au ciel. Dans bien des mythologies, il a un caractère sacré. Son origine remonte à la nuit des temps ; il possède le savoir et la sagesse que l'homme essaie, souvent en vain, de s'approprier. Il est le gardien des trésors, au sens propre et au sens figuré — l'or, l'argent et les richesses de l'esprit. En Chine, doté de pattes à cinq griffes, tenant dans l'une d'elles la perle de la Connaissance, il est le symbole du pouvoir impérial, et l'empereur se fait nommer « Fils du Dragon ». Aux yeux des premiers rois du Vietnam, il est flatteur que l'ancêtre de leur dynastie soit un dragon.

Parfois, il joue un rôle plus modeste en participant à la fondation d'une ville. Ainsi en est-il de Cracovie, en Pologne, et de Thèbes, en Grèce, construites avec l'aide des hommes, nés des dents du dragon.

Combat contre le dragon

Au cours du Moyen Âge, le dragon change de nature. Descendant de la Bête de l'Apoca-

lypse, il incarne le Mal, le péché et le diable. Tapi dans une caverne ou dans un marécage, il terrifie tous ceux qui vivent dans son voisinage. Heureusement survient un saint ou une sainte, qui sauve les populations — moyennant leur conversion — des griffes du démon. Parmi les saints qui se sont illustrés dans un tel combat — saint Clément, saint Romain, sainte Marguerite ou sainte Marthe, pour n'en citer que quelques-uns —, il en est un particulièrement populaire. En effet, saint Georges a su faire preuve à la fois de la vertu propre à un saint et de la vaillance d'un soldat. Il a, par la même occasion, délivré une jeune fille, innocente victime du monstre.

Dans sa légende se sont mis en place les principaux éléments que nous retrouverons dans de nombreux récits de chevalerie. La lutte contre le dragon et la délivrance de la princesse deviennent des étapes obligées dans le parcours initiatique du jeune noble qui aspire à devenir un parfait chevalier.

Parce qu'il ont été vainqueurs du dragon, Persée épouse Andromède et Tristan obtient la main d'Yseut. À côté d'eux, il existe aussi des héros moins prestigieux, mais non moins valeureux, artisans, chasseurs, paysans, tel le petit cordonnier qui libéra la ville de Cracovie, ou Ti-Jean, dans les forêts canadiennes.

Dans la mythologie scandinave et germanique, Fafnir représente encore un autre aspect du dragon. Homme transformé en monstre, par amour exagéré des richesses, le dragon qu'il est devenu révèle la part animale, le côté sombre et mystérieux de l'être humain. C'est parce qu'il se baigne dans le sang du dragon que Siegfried devient semblable à lui : invulnérable — ou presque.

Mais qu'ils soient bienveillants ou malveillants, répugnants ou pleins d'élégance, qu'ils suscitent l'effroi, l'admiration ou la reconnaissance, qu'ils appartiennent au plus lointain passé ou à une époque récente, quel que soit le pays d'où ils viennent, toujours les dragons nous fascinent et jamais nous ne nous lassons d'écouter leur histoire.

Au commencement du monde

1. La mort de Tiamat

MÉSOPOTAMIE

La guerre des jeunes dieux contre les vieux, de l'ordre contre le chaos qui règne au commencement du monde, la prise du pouvoir par Mardouk, le dieu de Babylone, tels sont les principaux éléments de ce récit. Il était récité par le grand prêtre, au cours d'une cérémonie religieuse, pour les fêtes du Nouvel An, qui avaient lieu au printemps ; devant la foule des fidèles, on mimait le combat de Mardouk contre le dragon, puis la statue du dieu était promenée dans les rues.

Cette histoire, dont l'origine se perd dans la nuit des temps, a été recueillie et écrite au VIIe *siècle avant Jésus-Christ, sur des tablettes d'argile gravées à l'aide d'un bâton pointu. Celles-ci se trouvent actuellement au British Museum de Londres.*

Au commencement du monde, la terre et le ciel n'avaient pas de nom : ils n'existaient pas. Il y avait Apsou, le dieu des Eaux douces, et Tiamat, la mer tumultueuse, son épouse, une sorte de dragon femelle, dont la longue queue s'agitait au rythme des flots.

Tous deux mêlèrent leurs eaux et d'eux descendirent tous les autres dieux, innombrables, et, à chaque génération, les fils étaient supérieurs à leurs pères.

Parmi les jeunes dieux se trouvait Anou, qui eut pour enfant le sage et rusé Ea, lequel devait plus tard donner naissance à Mardouk.

Les jeunes dieux étaient turbulents. Leurs jeux, leurs poursuites et leurs cris gênaient Apsou, leur ancêtre. À cause d'eux, il ne pouvait jamais se reposer, encore moins dormir. Il résolut de se débarrasser d'eux.

Avec Moummou, son conseiller favori, il alla trouver Tiamat pour lui faire part de sa décision.

« Comment, s'indigna-t-elle, toi qui as donné la vie à ces dieux, tu veux la leur reprendre ? Sois donc un peu patient, ils sont jeunes ! »

Apsou ne voulut rien entendre. Entraîné par Moummou, qui lui donnait à l'oreille de méchants conseils, il décida de mettre son projet à exécution.

Mais les jeunes dieux s'aperçurent de ses mauvaises intentions. Dans leur affolement, ils ne savaient que faire. Heureusement, Ea se trouvait là. Il eut une idée : au-dessus d'une cruche pleine d'eau, il prononça des paroles magiques et offrit aimablement à boire à Apsou et à son conseiller. À peine ceux-ci eurent-ils avalé quelques gouttes qu'ils s'endormirent profondément.

Alors Ea retira à Apsou sa robe royale, s'en revêtit et posa sur sa tête la couronne. Puis il tua le vieux dieu et jeta Moummou en prison.

Au-dessus de la demeure d'Apsou, il se fit

construire un palais, où il s'installa avec sa jeune femme. C'est là que leur fils, Mardouk, vit le jour.

Autant par son aspect physique que par son intelligence, Mardouk fut un enfant prodige. Il avait une taille au-dessus de la moyenne et possédait quatre yeux et quatre oreilles, ce qui lui permettait de tout voir et de tout entendre. Chaque fois qu'il parlait, du feu sortait de sa bouche. Aussi devait-on l'appeler Fils du Soleil et Soleil des Dieux. Il n'avait peur de rien ni de personne : il deviendrait un guerrier redoutable.

Ses parents le chérissaient. Les déesses le nourrirent de leur lait. Son grand-père Anou lui fit cadeau des quatre vents.

Il sut vite les utiliser. Bousculant ceux qui le gênaient, suivi par les jeunes dieux, ses compagnons, il parcourut l'espace, soulevant la poussière, provoquant la tempête, faisant surgir des vagues énormes dans le sein de Tiamat. Tant et si bien que celle-ci finit par se mettre en colère et, avec elle, tous les vieux dieux que le tumulte dérangeait.

« Nous ne pouvons plus vivre en paix,

nous ne pouvons plus dormir, gémirent-ils en chœur. Ô grande Tiamat, déesse des Eaux salées, viens à notre secours ! Tu es toi-même dans une agitation perpétuelle, tu ne connais plus une minute de repos, à cause de ces jeunes insolents. Pourquoi les as-tu laissés tuer Apsou, ton époux ? Venge-le ! Punis-les ! Déclare-leur la guerre ! Tu es sûre de gagner. »

Tiamat hésita un instant ; mais Kingou, un dieu ambitieux, la poussa à accepter leur proposition, dont il espérait tirer avantage.

Tiamat entama donc ses préparatifs de guerre. Elle réunit ses troupes : le nombre de ses soldats était impressionnant. Mais cela ne lui suffit pas.

Elle enfanta des monstres, dont le seul aspect devait paralyser ses ennemis de terreur. Hérissés de crêtes et de piquants, pourvus de griffes, de dards, de crocs, revêtus de poils fauves ou d'écailles, enveloppés d'une lueur d'orage, ils se nommaient Vipère, Scorpion, Typhon, Griffon, Hydre, Molosse, Mammouth, Chien enragé, Serpent géant, Lion furieux, Dragon — en tout onze créatures abominables. Ces êtres marcheraient à la tête de l'armée, plongeant le monde dans l'épouvante. Devant eux se tiendraient Tiamat en personne et Kingou, devenu le commandant en chef et le second époux de la déesse.

De tels préparatifs ne passèrent pas inaperçus aux yeux des jeunes dieux. Ils tinrent conseil : lequel d'entre eux serait assez fort et assez habile pour devenir leur champion ?

« Il faudrait, conseilla Anou, le plus âgé, d'abord tenter de calmer la déesse par des discours apaisants et, seulement si la parole ne suffit pas, passer à l'action.

— Je veux bien essayer », proposa le sage Ea.

Mais dès qu'il aperçut les monstres de Tiamat, rayonnant d'une lumière mauvaise, en rangs serrés, prêts à bondir, il recula sans prononcer un mot.

« J'irai donc, moi », fit Anou, résigné. Mais lui aussi s'enfuit à la vue des êtres terrifiants qui s'avançaient dans une lueur de catastrophe.

« Qu'allons-nous devenir ? » s'écrièrent en

tremblant les jeunes dieux, désespérés. Ils se tournèrent alors vers le plus jeune, celui qui ne tremblait jamais, ne craignait rien ni personne, et qui avait déjà plus d'une fois montré sa vaillance : Mardouk.

Mardouk comprit aussitôt que s'offrait à lui l'occasion d'assurer son pouvoir sur l'Univers.

« Je veux bien affronter Tiamat et son armée et vous sauver tous, déclara-t-il. À une condition : que je sois désormais le premier des dieux et le maître du monde. Pour cela, convoquez tous les dieux, jeunes ou vieux, qui ne sont pas du parti de Tiamat. Je veux être sûr de leur obéissance. »

Des abîmes marins et du fond de l'espace, d'innombrables dieux accoururent. Ils ne s'étaient pas vus depuis longtemps, ils étaient heureux de se retrouver. « Que se passe-t-il ? demandaient-ils. Quelle folie a donc pris Tiamat pour qu'elle se révolte contre nous et veuille nous tuer tous ? »

Au cours d'un somptueux banquet, ayant bien mangé et bien bu, ils proclamèrent Mardouk souverain des dieux et commandant suprême, le firent monter sur le trône et lui donnèrent les insignes de la royauté, la robe, la couronne et le sceptre. Ils l'acclamèrent longuement, puis ils retournèrent chez eux.

Mardouk alors se prépara au combat.

Il saisit son arc et y place une flèche. Il tient prêt un filet qu'il a fait fabriquer. Il s'est enduit les lèvres d'ocre rouge pour se protéger des mauvais esprits, et, pour lutter contre l'odeur infecte de Tiamat et de ses créatures, il s'est frotté les mains avec des herbes parfumées.

Il monte dans son char de tempête, tiré par quatre chevaux, le Violent, le Cruel, le Rapide et le Furieux. La foudre le précède et l'illumine, les ouragans se tiennent à ses côtés. Derrière lui, sont massées ses troupes. Ils s'ébranlent, en bon ordre de marche.

Dès qu'il les voit, Kingou prend peur : il n'avait pas prévu cela ! Il recule, suivi de ses monstres. Tiamat, au contraire, s'élance hardiment et elle entonne son chant de guerre.

Mardouk, chef trop vite acclamé,
Crois-tu qu'on te cède la place ?
Sache que moi et mon armée,
Nous te défions, face à face !

Mardouk répond :

Toi, notre mère universelle,
Nous étions prêts à t'honorer.
Mais tu n'aimes que la querelle
Et ne songes qu'à massacrer.

Dès qu'Apsou, ton époux, est mort,
Par Kingou tu l'as remplacé.
Tu as osé confier ton sort
Aux monstres que tu as créés.

Loin d'eux, seule, approche, et que rien
Ne te détourne du combat
Contre moi. Je te défie ! Viens,
Sans traîtrise, en vaillant soldat !

Folle de rage en entendant ces mots, Tiamat se précipite en rugissant et en proférant des injures, la gueule grande ouverte, prête à avaler Mardouk et son armée entière.

Mais celui-ci, encore plus rapide qu'elle, bondit et l'enveloppe toute dans son filet. Elle se débat furieusement. Alors il lâche ses ouragans ; ils s'engouffrent dans ses mâchoires si distendues qu'elle ne peut plus les refermer et pénètrent dans son estomac ; ils gonflent son ventre. Mardouk, l'arc à la main, n'a plus qu'à décocher sa flèche. Celle-ci atteint le cœur : Tiamat tombe. Elle est morte. Mardouk, vainqueur, pose le pied sur le cadavre.

Les troupes de Tiamat, épouvantées, prennent la fuite. Les soldats de Mardouk les poursuivent, brisent leurs armes, les enfoncent dans des abîmes, où ils demeurent prisonniers. Les monstres s'aplatissent ; on leur passe la corde au cou, comme à des animaux apprivoisés. Quant à Kingou, déchu de son rang, on l'enferme dans un cachot.

Les jeunes dieux, soulagés, applaudissent leur chef et le comblent de cadeaux.

Cependant il restait à Mardouk une tâche

importante. L'Univers, dont il voulait être le maître, n'existait pas encore.

Il prit le corps de Tiamat, l'ouvrit en deux. D'une moitié, il fit le Ciel ; de l'autre, la Terre.

Dans le Ciel, il installa la Lune, dont il fixa les phases, et les étoiles, dont il régla les mouvements ; enfin le Soleil. De chaque côté du Ciel, il mit une porte, avec de solides verrous, par où le Soleil pouvait entrer et sortir, tous les jours.

Ensuite il façonna la Terre. Il recueillit la bave de Tiamat, la transforma en gel et en neige, condensa les nuages, en fit tomber la pluie, lança les vents, étala les brouillards. Du crâne de Tiamat, il créa les montagnes, où il ouvrit des sources ; de sa poitrine, il forma des collines, et de ses yeux, deux grands fleuves, le Tigre et l'Euphrate. Puis il se servit de sa queue de dragon pour nouer solidement ensemble la Terre et le Ciel.

Les dieux se réjouirent de cette création merveilleuse. Après le chaos dans lequel avaient vécu les anciens dieux, Mardouk avait mis l'Univers en ordre. À chaque dieu il distribua un rôle. Il en plaça trois cents dans le monde du haut et trois cents dans celui du bas. Anou devint maître du Ciel, Ea celui des eaux souterraines.

Pourtant certains dieux s'inquiétèrent. « Chacun de nous, afin que l'ordre règne, a un travail à accomplir. Mais qui travaillera pour nous ? Qui s'occupera de notre demeure, qui préparera notre repas ? Nous avons besoin d'être honorés et servis.

— Je vous comprends, leur répondit Mardouk. Je vais créer un être qui sera votre serviteur et je l'appellerai Homme. »

Il ne savait pas très bien comment s'y prendre. Son père, le sage Ea, intervint alors : « Prenons un des dieux rebelles, celui qui est le plus coupable, et mettons-le à mort. Nous utiliserons ses os et son sang pour construire l'Homme. »

Les rebelles furent consultés. La plupart d'entre eux n'étaient que de simples soldats, qui s'étaient contentés d'obéir aux ordres. Mardouk et son père leur parlèrent avec bonté.

« C'est Kingou le coupable, dirent-ils tous

ensemble. C'est lui qui a poussé Tiamat à la révolte et qui a provoqué la guerre. »

Kingou fut tiré du cachot et décapité. De son corps Ea tira l'humanité.

Cette fois, tous les dieux étaient satisfaits. Pour montrer leur reconnaissance à Mardouk, ils construisirent la ville de Babylone. Pendant deux ans, ils travaillèrent comme des esclaves, fabriquant les milliers de briques nécessaires, et ils bâtirent, en haut de la ville, un grand temple en l'honneur du premier des dieux.

Quand leurs travaux furent terminés, ils se réunirent et festoyèrent pendant plusieurs semaines. Ce fut au cours de ce festin que Mardouk suspendit dans le Ciel son arc géant — l'arme qui lui avait permis de vaincre Tiamat.

L'arc devint une constellation que les anciens peuples de l'Orient contemplaient à côté du chasseur Orion.

2. Les dents du dragon

PHÉNICIE ET GRÈCE

La Phénicie est une région d'Asie, sur la côte de la Méditerranée, à peu près à l'emplacement de l'actuel Liban. Dès le IIIe millénaire avant Jésus-Christ, ses habitants étaient réputés comme des marins habiles ; ils commerçaient avec tous les habitants du bassin méditerranéen. L'un de leurs héros, Cadmos, a eu, aux yeux des Grecs, un rôle civilisateur : non seulement il a fondé l'une de leurs principales villes, mais c'est lui qui

leur a apporté l'alphabet. Le grand poète latin Ovide a conté dans Les Métamorphoses *le combat de Cadmos avec un être monstrueux, dont on ne sait trop s'il s'agit d'un serpent ou d'un dragon, car les deux se confondent souvent dans la mythologie gréco-romaine.*

Il y a bien longtemps vivait en Phénicie une jeune fille nommée Europe. Elle habitait, avec ses trois frères, au bord de la Méditerranée, dans la ville de Tyr, dont son père était le roi.

Europe était très belle et, dès qu'il l'aperçut, Zeus tomba amoureux d'elle — Zeus, le roi des dieux grecs, passait une bonne partie de son temps à se déguiser en homme, en animal, même en objet, pour séduire les femmes qu'il aimait.

Zeus avait observé qu'Europe allait souvent sur le rivage, pour jouer avec ses compagnes, admirer les oiseaux sauvages ou cueillir des fleurs dans les prés voisins. Les troupeaux de son père paissaient non loin de là.

Or, un jour, elle remarqua, au milieu des bœufs paternels, un taureau magnifique qu'elle ne connaissait pas. Il était d'un blanc de neige, semblait plus docile qu'un agneau. Il la regardait avec gentillesse, comme pour l'inviter à s'approcher. Elle avança la main et caressa son pelage, aussi doux que de la soie, puis s'amusa à confectionner des guirlandes pour les suspendre à son cou. Il s'agenouilla devant elle ; en riant, elle monta sur son dos. À petits pas, il la conduisit sur la plage, mais dès que ses sabots touchèrent l'eau, il se mit à nager vigoureusement et s'éloigna du rivage, sans s'occuper de la frayeur de la jeune fille. En vain, elle appela ses compagnes. Cramponnée aux cornes du taureau, elle rentrait ses pieds sous sa robe, pour ne pas être mouillée par les flots.

Zeus — bien sûr, le taureau, c'était lui ! — Zeus, donc, l'emmena jusqu'en Crète, une île au large du continent auquel la princesse de Tyr donna son nom : l'Europe.

Lorsque le roi Agenor apprit que sa fille chérie avait été enlevée, il entra en fureur.

Il envoya à sa recherche ses trois fils. Ils n'auraient le droit de revenir dans leur pays que s'ils ramenaient Europe.

Comme tous les Phéniciens, c'étaient de hardis marins. Ils se lancèrent sur la mer. Le premier alla en Afrique, le second longea les côtes asiatiques. Mais ils n'avaient aucune idée de l'endroit où s'était rendu le taureau et ne trouvèrent pas trace de leur sœur.

Quant au troisième, Cadmos, il s'était embarqué avec sa mère et était remonté jusqu'en Thrace, une lointaine contrée du Nord.

Les habitants du pays les accueillirent aimablement, mais ils n'avaient pas vu Europe. Là, avant de continuer ses recherches, Cadmos prit le temps d'offrir des sacrifices aux dieux, en particulier à Hermès, le protecteur des voyageurs, et à Athéna, la déesse de la Sagesse. Malheureusement, la reine, épuisée par le voyage, tomba malade et mourut. Le Phénicien célébra ses funérailles avec piété. Il hésita ensuite : quelle direction prendre ?

Il eut alors l'idée de consulter la pythie de Delphes. C'était la prêtresse d'Apollon et elle prédisait l'avenir. Avec ses compagnons, il se rendit en Grèce.

Il attendit longtemps devant la grotte où se tenait la prêtresse. Enfin elle se présenta, pâle dans ses vêtements blancs, ses longs cheveux tombant jusqu'à ses pieds, dans la vapeur des plantes odoriférantes et du laurier, que l'on brûlait pour elle.

Elle s'adressa au Phénicien :

Ne poursuis pas une tâche inutile,
Ta sœur, tu ne la retrouveras pas,
Mais suis la vache à l'allure docile
Qui, sous le joug, jamais ne travailla.
Dans le lieu où elle s'arrêtera,
Arrête-toi et construis une ville.

À peine Cadmos et ses compagnons s'étaient-ils éloignés de Delphes qu'ils remarquèrent devant eux une vache blanche. Sur chacun de ses flancs était dessinée une lune ronde. Son poil était lisse et ne portait pas la marque du joug. Elle avançait à petit trot paisible et, de temps en temps, tournait la tête pour voir s'ils la suivaient. Elle marcha longtemps, entre plaines et montagnes.

Enfin, un beau soir, à la lisière d'une forêt, elle se laissa tomber au milieu d'un pré et se roula dans l'herbe fraîche. « Nous voici arrivés ! Rendons grâce aux dieux ! » s'exclama Cadmos. Puis, comme on entendait un bruit d'eau au fond du bois, il ajouta : « Il doit y avoir une source là-bas... Allez chercher de quoi nous désaltérer et faire une offrande à Athéna. » Ses compagnons obéirent aussitôt et disparurent sous les arbres.

Cadmos les attendit longtemps. La nuit allait tomber. Comme ils ne revenaient toujours pas, il prit sa lance et partit à leur rencontre : il ne trouva que des cadavres. Un dragon gardait la source et tuait tous ceux qui s'en approchaient, les étouffait dans les nœuds de son puissant corps de serpent ou les brûlait de son souffle de flammes. Quand il aperçut le Phénicien, il se dressa de toute sa hauteur, presque jusqu'aux étoiles, haussant bien au-dessus des arbres son long cou bleuâtre, sa monstrueuse tête crêtée d'or, sa gueule ouverte sur une triple rangée de dents, que la lune éclairait comme en plein jour.

Cadmos eut un instant d'hésitation, puis, de la main gauche, il souleva un énorme bloc de pierre et le lança sur la bête. Elle frémit à peine. Alors il se précipita avec sa lance, atteignit le palais du monstre et, l'acculant contre le tronc d'un chêne, finit par le transpercer. Le dragon tomba, entraînant l'arbre dans sa chute.

Cadmos contemplait, stupéfait et encore terrifié, le corps immense de son ennemi, les arbres brisés, le sang répandu et ses malheureux compagnons. Sans eux, comment pourrait-il poursuivre sa tâche ?

Alors Athéna, la bonne déesse, lui apparut et lui parla :

Ne redoute rien, poursuis ta mission.
Prends une charrue, trace des sillons,
Ensemence-les des dents du dragon.

Cadmos ne s'étonnait plus de rien. Il exécuta l'ordre de la déesse et, comme l'aube naissait, il emprunta la charrue d'un paysan. Il traça des sillons bien droits ; ensuite il sema les dents du dragon. Dès qu'il les eut légèrement recouvertes de terre, il vit le sol se soulever et bientôt pointèrent des lances, des casques, des boucliers. Enfin des guerriers surgirent, tout armés.

Étaient-ce de nouveaux ennemis ? Sans plus réfléchir, Cadmos leur jeta une pierre. Aussitôt, croyant que l'un d'entre eux les avait frappés, ils se ruèrent les uns sur les autres. Ce fut une lutte sans merci. Quand ils se furent presque tous entretués, Athéna, qui était restée, leur ordonna d'arrêter le combat. Seuls cinq d'entre eux respiraient encore. Ils promirent à la déesse de s'entendre et de vivre en paix et se mirent aux ordres du Phénicien. Ils remplacèrent ses compagnons morts.

Et ce fut grâce à Athéna et avec l'aide de ces hommes, nés des dents du dragon, que Cadmos fonda en Grèce la ville de Thèbes. Il devint son roi et ses descendants eurent tous un destin prodigieux et tragique.

3. L'anaconda, l'Indien et le dauphin

AMAZONIE

Les Shipibo sont des Indiens qui vivent dans la grande forêt amazonienne, au Pérou, sur les rives de l'Ucayali. Ce sont des commerçants et des pêcheurs et, comme on le voit dans ce conte, ils ont des préoccupations écologiques : ils tentent de préserver la faune aquatique et d'augmenter la variété des espèces. Dans leurs récits mythiques, le dragon a la forme d'un grand serpent, l'anaconda Ronin. Comme les dragons chinois, il

contribue à la création du monde, en façonnant le lit des rivières, et règne, avec bienveillance et quelques fantaisies, sur le domaine des eaux.

Il y a bien longtemps, un jeune Indien vivait avec ses parents dans un village de pêcheurs. Il habitait au bord du fleuve Ucayali, au milieu de la grande forêt d'Amazonie.

C'était un pêcheur habile, mais aussi attentif à respecter la nature : il rejetait toujours à l'eau les poissons trop petits et les femelles pleines d'œufs.

Un jour, il pêcha un poisson magnifique, un gros piraroucou aux brillantes écailles rouges et bleues. Les Indiens appréciaient sa chair savoureuse et les femmes décoraient vêtements et bijoux avec ses écailles. Mais le jeune homme, après avoir ouvert le ventre du poisson, jeta les entrailles à un dauphin qui s'ébattait un peu plus loin. « Tiens, lui dit-il, c'est pour toi !... Attrape et mange ! » Bien plus, il lui offrit les précieuses écailles, au lieu de les garder pour lui. Comme pour le remercier, l'animal bondit, faisant jaillir mille gouttelettes, puis s'éloigna en cabriolant. C'était un dauphin gris, qui se plaisait en la compagnie des hommes, contrairement au dauphin rouge, qui ne songe qu'à leur jouer de mauvais tours.

L'habileté du jeune pêcheur rendit jaloux le sorcier du village. Il décida de se débarrasser du jeune homme et, pour cela, fit appel à un dauphin rouge, Cushusca.

Dauphins rouges et gris sont des gens de l'eau, mi-esprits, mi-animaux. Ils peuvent prendre toutes sortes d'apparences différentes et sont chargés par leur maître, le grand serpent anaconda Ronin, de veiller à la pureté de l'eau et à la fécondité des bêtes aquatiques.

Ronin exerce le pouvoir absolu sur les fleuves, les rivières et les lacs. C'est lui qui a creusé leur lit, en pesant de tout son poids sur le sol, et dessiné leurs méandres, en déroulant les boucles de sa queue. Quand, au commencement du monde, Père Soleil eut fini de créer la Terre, les plantes et tous les animaux, il confia la forêt à Jaguar et donna à l'anaconda le domaine des eaux.

Ronin est un maître puissant, mais parfois fatigué, ou distrait. Lorsque Cushusca vint prétendre que le jeune Indien pêchait trop de poissons, même ceux dont il n'avait pas besoin, les tout petits et les femelles, l'anaconda le crut, entrouvrit son œil de serpent et dit au dauphin rouge : « Fais de lui ce que tu veux... Et laisse-moi dormir ! » Car c'était pour Ronin l'heure de la sieste.

Cushusca prit l'apparence d'un énorme piraroucou et s'approcha de la pirogue, sur laquelle se tenait l'Indien. Celui-ci, le harpon à la main, s'apprêtait à percer la bête, lorsqu'une force maléfique renversa sa pirogue et l'entraîna, au milieu des remous et des tourbillons, jusqu'au fond du fleuve. Là, tous les gens de l'eau l'encerclèrent en l'insultant et en l'accablant de reproches. Ils le conduisirent à l'Acuron, ce grand bateau fantastique dont l'anaconda est le capitaine. On l'y enchaîna solidement. Tandis que l'équipage manœuvrait, le bateau appareilla, prêt à parcourir tous les fonds du fleuve.

Pendant ce temps, les parents du jeune homme attendaient en vain son retour. Ils allèrent au bord de l'Ucayali : aucune trace de leur fils, ni de sa pirogue. Ils consultèrent un chamane, un voyant capable d'entrer en relation avec les esprits et les morts. Mais le chamane fut impuissant et les parents pensèrent qu'ils ne reverraient jamais leur enfant vivant.

Vivant, il l'était bien pourtant ! Il se débattait dans ses chaînes et, tandis que l'Acuron poursuivait sa route au fond de l'Ucayali, il criait son innocence : « Jamais je n'ai gardé un poisson trop petit, jamais une femelle pleine. Toujours j'ai respecté la nature et je n'ai pêché que pour nous nourrir, mes vieux parents et moi-même. Libérez-moi ! Laissez-moi retrouver ma famille ! »

Ronin entendit ses protestations et ses plaintes et il se montra indulgent. Il lui permit de retourner à la surface de la terre, mais seulement un petit moment, et toujours accompagné par un gardien.

Le prisonnier retrouva avec délices la terre des hommes, l'éclat du soleil sur le fleuve, la grande forêt, ses odeurs, ses bruissements, les mille cris de ses animaux. Mais l'Acuron avait parcouru un long chemin sous les eaux et l'Indien était bien loin de son village.

Comme il faisait quelques pas sur le rivage, il remarqua une grande embarcation sur le fleuve. Un homme en descendit et s'approcha de lui, en le regardant avec intérêt, comme s'il le connaissait. L'Indien était cependant sûr de ne l'avoir jamais rencontré.

« Tu ne me reconnais pas ? dit l'homme. Je jouais dans l'Ucayali quand, il y a quelque temps, tu m'as lancé les entrailles d'un poisson que tu venais de pêcher... Tu m'as crié : "C'est pour toi... Attrape et mange !" et tu m'as donné ses précieuses écailles bleues et rouges. J'ai pu les échanger contre des marchandises et je suis devenu commerçant. Je navigue sur le fleuve et je suis riche à présent, grâce à ta générosité... Vraiment, tu ne te souviens pas ?

— Je me souviens avoir donné les

entrailles d'un piraroucou et ses écailles bleues et rouges... à un dauphin gris... mais pas à un homme !

— Le dauphin gris, c'était moi... Je me suis changé en homme pour pouvoir commercer plus facilement avec les Indiens. Si tu veux, je te ramène dans ton village.

— Je ne peux pas. L'anaconda me garde prisonnier dans l'Acuron. Il m'a seulement permis de prendre l'air un moment. Si je m'évade, les gens de l'eau seront furieux.

— Ne crains rien. J'irai voir Ronin et je saurai le convaincre de te laisser partir. Son équipage, lui et moi, sommes de la même race. »

L'homme se retransforma en dauphin et, tenant une bourse par la nageoire, alla trouver l'anaconda. Celui-ci, contre de belles pièces d'argent, accepta de rendre sa liberté à l'Indien.

Le jeune homme monta sur la grande pirogue du dauphin gris, redevenu homme. Elle était chargée de tant de caisses qu'il s'en étonna.

« Ce sont des poissons de mer, lui confia

le dauphin. J'ai remonté l'Amazone jusqu'à l'Ucayali pour les libérer dans les eaux douces. Ensuite j'irai dans des rivières inconnues prendre d'autres poissons, que je ramènerai vers la mer. Je pourrai ainsi varier et multiplier les espèces qui peuplent le domaine des eaux. »

Un soir, le dauphin prévint son ami qu'ils approchaient de son village. « Je vais te laisser à l'embarcadère qui conduit à ta maison. Tiens, voici une caisse pleine de poissons. Tu en feras cadeau à ta famille. »

Le jeune Indien le remercia chaleureusement et s'en alla vers son village.

Les gens le regardaient passer et chuchotaient : « Qui est-ce ? C'est un étranger ! » Enfin il arriva chez ses parents, qui le croyaient mort depuis longtemps. Ils eurent du mal à le reconnaître.

« Mais si ! C'est bien moi ! Souvenez-vous... Ce jour où j'étais parti pêcher sur mon petit bateau. Le sorcier du village m'a joué un mauvais tour. Les gens de l'eau nous ont entraînés, moi et ma pirogue, et Ronin m'a gardé prisonnier sur l'Acuron, jusqu'au jour où mon ami, le dauphin gris, m'a délivré. Il m'a donné tous ces poissons pour vous et les gens du village.

— Tu as vu Ronin, le gardien des eaux ?

— Je l'ai vu comme je vous vois, le grand serpent, le roi du fleuve, l'anaconda... Si, dans son domaine, il est tout-puissant, s'il est le maître des gens de l'eau, il agit souvent comme un homme ordinaire... Il peut être bon ou méchant, suivant les conseils de ceux qui l'entourent, il peut se tromper, il aime l'argent... Et il a une fille très belle. Je n'ai pu que l'apercevoir. J'espère la revoir un jour... »

Mais ceci est une autre histoire.

Dragons d'Asie

4. Empereurs et dragons

CHINE (TROIS CONTES)

C'est en Chine que l'on trouve la trace la plus ancienne du dragon : dans une tombe de la Préhistoire, des coquillages dessinent son image. Dans ce pays, on le rencontre partout, sur les toits des maisons, sur les murs des palais, sur la robe des empereurs et dans les rues, en une joyeuse procession, quand arrive le Nouvel An. À la différence des monstres d'Europe, le dragon asiatique se montre souvent bienveillant envers les

hommes. Il incarne la puissance des éléments, tantôt bénéfiques, tantôt destructeurs. Il faut donc le prier avec courtoisie pour qu'il ne manifeste que son bon côté.

ZHULONG, LE DRAGON-FLAMBEAU

En ce temps-là, la Terre carrée et le ciel, arrondi au-dessus, existaient déjà. Entre les monts, les plaines et les fleuves, fourmillaient les hommes, tandis que le ciel bruissait du va-et-vient des êtres célestes, dieux, esprits et dragons. La nuit, la Terre était éclairée par la Lune et les étoiles, le jour par le Soleil.

La Terre, éclairée par le Soleil ? Pas entièrement. Les rayons de l'astre n'atteignaient pas l'angle nord-ouest. Là, contre la montagne Zhangwei, au-delà de la rivière Rouge, s'étendait la région des Neuf Ténèbres, perpétuellement plongée dans l'ombre. Alors, pour secourir les humains qui y vivaient et remplacer le Soleil défaillant, le dragon Zhulong s'y installa.

Zhulong, le dragon-flambeau, ne mange, ne dort, ni ne respire. Son immense corps est revêtu d'une robe écarlate et, dans sa face presque humaine, ses pupilles sont verticales, à la manière de celles des tigres. Lorsqu'il ferme les yeux, il fait nuit. Il fait jour quand il les ouvre.

Porte-lumière, il commande aussi au vent et à la pluie. En cela, il ressemble aux autres dragons, ses frères, étroitement associés aux quatre éléments, le feu, la terre, l'air et l'eau. Si certains lancent des flammes, d'autres s'enfouissent dans le sol ou s'envolent à travers le ciel... mais tous aiment l'eau, leur domaine favori.

HUANGDI, L'EMPEREUR JAUNE

Une fois Zhulong installé, le monde commença à sortir du chaos. Les dieux avaient d'abord appris aux hommes à pêcher et à chasser, à cultiver le sol, à se servir du feu. Ils leur avaient enseigné le calcul, la musique et les premières notions de l'écriture. Ils leur avaient montré comment se soigner grâce aux plantes. Mais ils ne savaient pas dompter les animaux.

Il restait encore beaucoup à faire dans l'univers quand naquit le premier des grands empereurs, ceux que les Chinois considèrent à la fois comme des dieux et comme des humains. Il se nommait Huangdi, l'empereur Jaune, et sa naissance fut miraculeuse. Sa mère le conçut une nuit en voyant un éclair s'enrouler autour de la constellation de la Grande Ourse. Elle le porta vingt mois dans son sein et le mit au monde sur la colline Verte. On prétend qu'il avait une tête de dragon.

Il sut parler dès ses premiers jours, apprit tout jeune le maniement de la lance et du bouclier et devint un grand guerrier. Il fut également l'inventeur de la roue et du ballon, définit les règles du jeu et celles de la guerre. Il parvint à dompter les animaux, même les plus féroces, ours, lynx, tigres, aigles, léopards, et il les enrôla dans son armée.

Car il dut livrer bataille, même s'il avait peu de goût pour les combats, Chiyou, l'un de ses ministres, s'étant révolté contre lui. Chiyou à la tête de bronze, aux sabots et aux cornes de buffle, était le dieu de la Guerre. Parce qu'il savait fondre les métaux et forger des armes, il voulait exercer le pouvoir, à lui seul, sur les dieux et sur les hommes. Il entraîna dans l'aventure des tribus rebelles et ses soixante-douze frères qui, comme lui, avaient des têtes de bronze et mangeaient des cailloux.

Quand arriva le jour du combat, le dieu de la Guerre lança sur l'armée de l'empereur Jaune une brume épaisse, qui recouvrit les soldats impériaux et les désorienta. Chiyou s'apprêtait à les massacrer tous quand Huangdi et ses troupes, grâce à une girouette magique, purent échapper aux remous du brouillard et se retrouver à l'air libre. Il y avait beaucoup de morts. Et le combat n'était pas terminé.

Chiyou, décidé à utiliser cette fois l'arme de la pluie, frappa le sol de ses sabots, provoquant une tempête épouvantable. Le vent soufflait avec fureur, l'eau ruisselait dans les champs, menaçant les récoltes.

Huangdi appela à la rescousse sa fille Nu Ba, la déesse de la Sécheresse. Elle se mit aussitôt au travail, si bien qu'en un rien de temps la terre fut asséchée, la tempête apaisée, les ennemis dispersés, et Chiyou, vaincu, fut fait prisonnier.

Mais, sous l'effet de la sécheresse, le sol se craquelait, les plantes allaient mourir de soif. Huangdi eut alors recours à son allié, le dragon Ying Long, maître de la Pluie. En arrosant la terre, celui-ci rétablit l'équilibre de la nature.

L'empereur Jaune donna à son dragon une autre tâche : celle de décapiter le dieu de la Guerre, afin de venger les soldats tués au combat. Les gouttes de sang de Chiyou éclaboussèrent un érable qui poussait là. Ceci explique pourquoi, depuis, les feuilles de l'érable sont rouges.

Ying Long retourna ensuite dans sa demeure et Huangdi continua à mener une vie pleine de vaillance et de sagesse. Malgré son caractère pacifique, il dut lutter contre d'autres ennemis. Il en vint à bout pour le bien de son peuple.

Quand il eut dépassé sa centième année, alors qu'il se trouvait dans son palais, au milieu de ses ministres, un dragon descendit du ciel et se posa devant lui.

C'était un dragon jaune magnifique, bien plus majestueux que Ying Long, au long corps de serpent, à la barbe abondante, aux pattes munies de cinq griffes, signe de la puissance impériale. L'une d'elles tenait serrée la perle de la Connaissance.

En le voyant, les seigneurs de la cour reculèrent tous, épouvantés. Seul Huangdi garda son calme et s'approcha. Il flatta de la main la peau aux écailles luisantes, puis se hissa sur le dos de la bête et sourit.

Les ministres comprirent alors que l'empereur Jaune avait achevé son temps sur la Terre et qu'il montait au ciel prendre place à côté des dieux.

On raconte que, pour le suivre, certains ministres n'hésitèrent pas à s'accrocher à la barbe du dragon, au moment où celui-ci prenait son vol...

YU LE GRAND

Après Huangdi, plusieurs empereurs se succédèrent. Sous le règne de Yao, les pluies tombèrent si fort et si longtemps que presque toutes les terres furent inondées.

Les flots tourbillonnants des grands fleuves entraînaient des troncs et des branches, des animaux, même des maisons. Serpents, crocodiles et dragons sortirent des eaux, envahirent la campagne. Pour survivre, les hommes se réfugièrent dans des nids en haut des arbres ou s'abritèrent au fond des grottes creusées dans les montagnes.

L'empereur Yao se désolait. Il demanda conseil à ses ministres.

« Comment sauver mon empire du déluge ? Le peuple des basses terres souffre. Et le niveau de l'eau atteint les montagnes à mi-pente, forçant les paysans à grimper de plus en plus haut. Qui sera capable d'arrêter l'inondation ?

— Gun en est capable, dirent les conseillers. N'est-il pas le descendant du grand empereur Jaune ?

— Vous croyez ? répondit Yao. Je me méfie de lui, car il a du mal à exécuter les ordres qu'on lui donne.

— Essayez et vous verrez bien. S'il échoue, vous pourrez toujours le renvoyer. »

Yao se rangea à l'avis de ses ministres et demanda à Gun de contrôler les eaux. Il lui donna deux aides : la chouette, qui connaissait les secrets de l'air, et la tortue, qui possédait ceux de l'eau.

Malgré ses aides, pendant neuf ans, Gun essaya vainement d'endiguer les fleuves en crue. Il fut le premier en Chine à construire des murailles énormes, de plus de sept mètres de haut. Peine perdue ! Les flots passaient par-dessus, comme furieux qu'on voulût les emprisonner : c'était encore pire qu'auparavant.

Gun se dit alors qu'il parviendrait à un meilleur résultat si, au lieu de pierres et de boue pour bâtir ses digues, il utilisait la terre magique que l'empereur conservait précieusement à l'abri des curieux. Au fur et à mesure qu'on s'en servait, au lieu de diminuer, elle se reconstituait.

Gun vola « la terre qui respire », mais il n'eut pas le temps de s'en servir. Le vol fut découvert et Gun exécuté. On laissa son corps exposé aux quatre vents, en haut du mont des Plumes.

Au bout de trois ans, le cadavre n'était toujours pas décomposé. Un guerrier, qui passait par là, le vit, le fendit en deux avec son coutelas et Yu sortit du ventre de son père. Quant à Gun, il se transforma en dragon.

Yu, en naissant, était déjà un homme. Il entra au service du nouvel empereur, Shun, qui avait remplacé Yao, et il lui proposa son aide. Là où son père Gun avait échoué, il était sûr de réussir : il allait dompter le déluge.

Yu était intelligent et observateur. Il commença par abattre les hautes murailles bâties par Gun. Il avait compris qu'il ne servait à rien de rendre les flots prisonniers : ce qu'il fallait, c'était creuser le lit des fleuves et construire des canaux, qui conduiraient l'eau jusqu'à la mer.

C'était une tâche difficile et, pour cela, il se fit aider par un dragon qui, de sa queue, traçait dans le sol des sillons profonds par où s'écoulaient les flots.

Bientôt les eaux disciplinées rentrèrent dans le lit des fleuves et dans les canaux. Le soleil brillant assécha les terres. Les hommes purent sortir de leurs refuges et revinrent cultiver leurs champs. Ils ne craignaient plus les bêtes malfaisantes, que l'inondation avait entraînées avec elle. Yu, avec l'aide de son dragon, les avait repoussées dans les marais, où elles demeurèrent à jamais. Il affronta aussi le serpent vert Xiang Liu, dont les neuf têtes à face humaine répandaient tant de bave puante qu'à l'endroit où il passait, les plantes se flétrissaient, les forêts dépérissaient, les récoltes étaient perdues. Yu le Grand tua Xiang Liu.

Mais il ne se contenta pas d'avoir maîtrisé le déluge et d'avoir débarrassé la terre de ses monstres.

Comme il avait réglé le cours du grand fleuve Jaune et ouvert un passage au fleuve Bleu, il perça des montagnes et creusa les gorges de la Passe du Dragon.

Ensuite il entreprit de mesurer la terre et d'établir le calendrier des travaux agricoles. Il ne se déplaçait jamais sans son compas et son équerre.

Devenu empereur à son tour, il divisa la

Chine en neuf provinces et désigna les monts et les rivières qui devaient être des lieux de culte. Car il ne cessa jamais d'honorer les esprits et les dieux.

Ses voyages l'entraînèrent jusqu'aux limites de son empire. À l'est, il se rendit au bord de la mer, au nord, près de l'endroit où le soleil disparaît, au sud, dans le pays des Hommes Nus. Avant d'y aller, il ôta ses vêtements, de façon à respecter leurs coutumes. Il se rhabilla en partant.

À l'ouest, il rendit visite à la Reine-Mère de l'Occident, Xigwangmu, et resta quelque temps près d'elle.

La Reine-Mère de l'Occident habite dans une sorte de paradis, sur le sommet de Jade, dans la chaîne des monts Kunlun. C'est une déesse au double visage : belle femme aux cheveux ébouriffés, pourvue d'une queue de léopard et de crocs de tigresse. Toujours prête à punir les hommes en leur envoyant maladies et catastrophes, elle peut se montrer aimable envers ses visiteurs, surtout lorsqu'ils sont empereurs.

Elle échangea avec Yu le Grand des

poèmes et des chansons. Ils se quittèrent courtoisement. Cependant elle ne lui fit pas cadeau de la boisson d'immortalité, dont elle connaissait le secret de fabrication.

Au cours d'un autre voyage, Yu eut une mésaventure amusante. Un jour qu'il se trouvait sur son bateau, avec les seigneurs de sa cour et tout son équipage, et qu'il s'apprêtait à traverser le fleuve Bleu, un dragon surgit de l'eau. Pour leur faire gagner du temps, il proposa gentiment de prendre le bateau sur son dos jusqu'à l'autre rive. Les courtisans et les matelots poussèrent des cris d'effroi : « Vous n'y pensez pas, Seigneur ! »

Yu le Grand rit. « Ne craignez rien ! Je suis un protégé des dieux ! » Et il accepta la proposition du dragon.

Cependant, à force de voyager, de veiller à l'ordre du monde et au bien-être de son peuple, Yu se sentit fatigué. En trente années, il ne s'était jamais reposé un seul jour ; son teint était brûlé par le soleil, ses mollets râpés, ses mains, ses pieds n'avaient plus d'ongles. À demi paralysé, il ne marchait qu'en sautillant : on appela cette démarche le « pas de Yu » et, plus tard, cela devint une figure de danse.

Avant de mourir, Yu eut encore le temps de faire forger neuf chaudrons de bronze à trois pieds. Sur leurs côtés renflés était gravée l'image des dix mille êtres que l'on peut rencontrer en ce monde — plantes, animaux, esprits, démons. Ainsi, grâce à ces trépieds, les hommes des générations futures pourraient distinguer les bons des méchants, et régler leur conduite en conséquence.

Cela fait, Yu le Grand mourut.

Au fil du temps, les trépieds se transmirent d'un empereur à l'autre. L'un d'eux voulut se les approprier. Quand il fut sur le point de les saisir, à la stupéfaction générale, huit des trépieds sacrés s'envolèrent. Ils disparurent dans les airs. Le neuvième tomba dans un fleuve ; mais lorsqu'on essaya de le repêcher, apparut un dragon menaçant, qui effraya les hommes.

Depuis, les siècles se sont écoulés. Et le trépied de Yu repose au fond de l'eau, gardé par un dragon.

5. Le dragon et la fée

VIETNAM

Au Vietnam, on aime tout particulièrement les histoires de génies, de fées, d'esprits et de dragons. Ceux-ci ne sont jamais considérés comme des êtres malfaisants ou dangereux ; au contraire, ils détiennent des connaissances — par exemple sur la culture du riz — dont ils font profiter les hommes. Quant aux rois, ils se vantent de descendre d'ancêtres mythiques prestigieux, fée ou dragon. D'ailleurs si le roi se fait appeler « Fils

du Ciel », la princesse porte le titre de « Fille du Dragon ».

Au nord du Vietnam, de hautes montagnes s'élèvent entre des vallées étroites. L'air y est pur et frais, les sommets disparaissent dans les nuages. Il y neige en hiver. Au contraire, il fait toujours chaud et humide dans la plaine qui borde la mer. Là, dans le delta du fleuve Rouge, le Song Hong, les hommes se sont installés. Ils cultivent le riz, quelques légumes, ils élèvent des poules, des canards et des porcs, et ils pêchent.

Il y a très très longtemps, dans cette région du Vietnam, vivait un dragon nommé Lac Long Quan. Son palais se trouvait au fond de la mer, et il régnait sur les génies des eaux, les poissons, les tortues et les crabes.

C'était un être bienveillant. Il aimait les hommes et remontait souvent le cours du fleuve Rouge, jusque dans les terrains irrigués des rizières ; il apprenait aux paysans à construire des digues, pour retenir l'eau autour des fragiles plants de riz ; il leur montrait comment domestiquer les buffles sauvages qui travailleraient pour eux ; il réglait les crues du Song Hong, pour qu'il n'inondât pas la campagne ; il aidait les pêcheurs en leur indiquant les endroits où trouver du poisson, loin des féroces monstres marins.

Quand la nuit tombait et que les travailleurs retournaient au village, il aimait regarder les femmes préparer le repas et les enfants jouer sur le seuil des maisons. Puis il regagnait son domaine : hors de l'eau, il ne pouvait pas vivre longtemps.

Un jour de printemps, alors que les rizières étaient d'un vert éclatant et les pêchers en fleur, il s'éloigna du rivage plus que de coutume. Lorsqu'il parvint au pied des montagnes, le soleil baissait déjà derrière les cimes. Il allait s'en retourner chez lui, lorsqu'il aperçut, appuyée contre un arbre, une jeune fille très belle, qui semblait attendre.

Elle ne ressemblait pas aux paysannes qu'il connaissait. Elle portait une robe de soie, blanche comme neige, avec de longues manches flottantes, et tenait dans les bras un gros bouquet de fleurs sauvages.

Il craignit qu'elle ne prît peur en le voyant. Mais elle le regardait en souriant. Il s'approcha et s'inclina : « Très honorée dame, puisque la nuit vient, accepteriez-vous que votre humble serviteur, le dragon Lac Long Quan, vous accompagne jusqu'à votre demeure ? »

Elle le remercia et accepta très simplement.

« J'habite là-haut, ajouta-t-elle en désignant les monts. Pourrez-vous m'accompagner jusque-là ? »

Le dragon n'hésita pas et rebroussa chemin, tournant le dos à la mer.

En route, ils causèrent comme deux vieux amis et se récitèrent des poèmes. Elle lui confia qu'elle s'appelait Au Co, qu'elle était fée et fille du Génie des Montagnes.

Comme ils commençaient à gravir la pente, elle remarqua que Lac Long Quan s'essoufflait. Elle s'arrêta. La lune venait de se lever, éclairant sa gracieuse silhouette. Son visage, son corps, ses vêtements devinrent transparents et elle disparut, ne laissant derrière elle qu'un parfum de fleurs sauvages et le souvenir de sa voix mélodieuse.

Lac Long Quan, songeur, regagna son palais sous la mer. Il ne pensait qu'à revoir la fée : il était amoureux. Le lendemain, il reprit le chemin des montagnes.

Elle, de son côté, rêvait à son dragon. Elle redescendit dans la plaine.

Ils se rencontrèrent à mi-chemin entre la mer et la montagne. Ils décidèrent de se marier et firent construire à cet endroit un palais magnifique.

Ils y menaient une vie heureuse et, dans leur bonheur, n'oubliaient pas les pauvres paysans des rizières, qu'ils comblaient de leurs bienfaits. Cependant Au Co supportait mal la chaleur et regrettait secrètement l'air frais et parfumé de ses montagnes. Quant au dragon, il passait le plus clair de son temps à rechercher le contact de l'eau, non seulement dans le fleuve Rouge, mais aussi dans les lacs, les étangs, les rivières, et même dans les ruisseaux, faute de pouvoir aller à la mer. Et dans son domaine marin, génies, poissons, crabes et tortues souffraient de l'absence de leur maître.

Lac Long Quan et Au Co voulaient avoir beaucoup d'enfants. Quand la jeune femme fut enceinte, elle n'accoucha pas d'une façon ordinaire : n'était-elle pas fée et femme de dragon ?

Au bout de cent jours, elle pondit cent œufs. Quand vint le moment de l'éclosion, il en sortit cent fils : pas de frétillants petits dragons, non, des êtres aussi merveilleusement beaux que leur mère.

Ils grandirent vite, intelligents, sages et aimables, s'adaptant à tous les milieux, aussi à l'aise sur la terre que dans l'eau. Une foule de servantes s'occupaient d'eux dans le palais. Au Co veillait personnellement à leur éducation. Ils étaient cent : elle avait fort à faire et, à présent, elle était seule. Car le dragon n'avait pu résister plus longtemps à l'appel de la mer.

Lac Long Quan était retourné vivre dans les flots au milieu des génies, des tortues, des poissons et des crabes. Pourtant il chérissait ses enfants et sa femme et, pour les voir, il remontait parfois dans son palais terrestre.

Un jour qu'il était venu leur rendre visite et qu'il s'apprêtait à repartir, la fée le retint et lui dit, avec des larmes dans la voix :

« Mon seigneur, s'il vous plaît, restez encore un peu ! Vous me délaissez si souvent...

— Ces pleurs ne conviennent pas à l'honorable épouse d'un dragon ! Belle Au Co, vous le savez, je ne peux vivre loin de la mer. Mais je reviendrai bientôt.

— Moi, je vis bien loin de mes montagnes ! Et je suis seule pour élever nos cent enfants.

— Je suis le fils de l'Eau, vous êtes la fille de la Terre. Tel est notre destin : nous ne pouvons pas vivre ensemble.

— Nous avons essayé pourtant.

— Cela n'a pu durer longtemps... Retournez près de votre père, le Génie des Montagnes. Partez avec cinquante de nos enfants ; j'emmènerai dans mon royaume les cinquante autres. Ainsi, vous ne serez plus seule pour élever nos fils. Nous nous partagerons la tâche.

— Je ne vous verrai plus, mon cher seigneur ?

— Belle Au Co, nous nous reverrons ! Et si un danger menace l'un de nous, vous, la fée, et moi, le dragon, jurons de nous venir mutuellement en aide !

— Jurons-le ! »

Tandis que Lac Long Quan s'enfonçait sous les flots avec cinquante de ses fils, Au Co, avec les cinquante autres, grimpait le long des pentes, couvertes d'herbe fine et de fleurs. Elle atteignit bientôt le domaine enchanté de son père, le Génie des Montagnes.

Quand l'aîné de ses fils fut en âge de régner, il monta sur le trône, sous le nom de Huong Vuong, et il fut le premier des dix-huit rois Huong, souverains légendaires du Vietnam.

Lui et ses descendants revêtirent la robe royale, brodée d'un dragon, sur fond de paysage de mer et de montagne. Car ils étaient tous fiers de leurs ancêtres, la fée et le dragon.

6. Susanoo et le dragon

JAPON

À première vue, ce dragon japonais est bien différent de ses semblables, chinois ou vietnamiens, qui se montrent si bienveillants envers les hommes. Comme les dragons d'Europe, celui-ci est à la fois effrayant et dangereux : monstrueux par ses dimensions qui le font ressembler à une montagne en marche, il se nourrit de jeunes filles. Mais il a en même temps un aspect sacré : ses flancs renferment l'épée merveilleuse qui deviendra

l'un des emblèmes du pouvoir impérial et, en souvenir de cet épisode, les sabres des samouraïs seront décorés d'un dragon.

Le dragon-aux-huit-têtes n'était pas un dragon ordinaire. Son long corps ondulait sur huit collines et sur huit vallées, son dos était couvert de roches, de mousses, de pins et de cèdres géants, et, quand il se déplaçait en rampant, on croyait voir ramper une montagne. Ses huit têtes étaient pourvues de huit paires d'yeux rouges comme des braises et ses huit queues écrasaient tout sur leur passage.

Ce dragon n'aimait que la chair délicate et, chaque année, à date fixe, il cherchait une jeune fille à dévorer. Il trouvait ce qu'il lui fallait dans la province d'Izumo.

En effet, dans la province d'Izumo, au bord d'une rivière, au milieu des arbres en fleurs, s'élevait une charmante petite maison. Le fils du dieu de la Montagne s'était installé là, huit ans plus tôt, avec sa femme et ses huit filles... Ses huit filles, hélas !, ne furent bientôt plus que sept, six, cinq... Au bout de sept ans, il ne restait aux pauvres parents que leur huitième fille, la plus jeune, la plus jolie. Si elle disparaissait, qui garderait le souvenir d'eux après leur mort ? Qui veillerait à la cérémonie funèbre ? Ils la contemplaient avec désespoir. Elle, résignée à son sort, les yeux pleins de larmes, attendait le dragon. Il devait justement venir ce jour-là pour la dévorer.

« Ah, pensait le père, si seulement un homme courageux se présentait pour combattre ce monstre et sauver ma fille... Moi, je suis trop vieux. »

« Ah, se disait la mère, un homme ne suffirait pas à vaincre ce dragon... Il faudrait un dieu ! »

À ce moment précis, passa, sur le chemin qui longeait la rivière, un voyageur. Il marchait d'un bon pas, gesticulait avec son épée longue et fine, regardait tout autour de lui et, satisfait de ce qu'il voyait, chantonnait, l'air à la fois curieux et joyeux. Il s'arrêta devant le groupe éploré des parents et de leur fille.

« Qu'avez-vous, honorable vieillard ? Pourquoi pleurez-vous ? » demanda-t-il en s'inclinant courtoisement devant le père.

Celui-ci le lui expliqua et lui parla longuement du dragon. Mais le voyageur l'écoutait de façon distraite ; il n'avait d'yeux que pour la jeune fille.

« Honorable vieillard, dit-il enfin, voulez-vous me donner votre fille en mariage ? Je suis Susanoo, le dieu de la Tempête, le frère de la déesse Soleil... J'ai dû quitter le ciel et je parcours la Terre... J'aimerais me fixer dans ce bel endroit.

— Cher seigneur, nous vous offrons respectueusement notre fille, répondirent ensemble les parents. Mais le dragon...

— Écoutez : ce dragon qui s'étend sur huit vallées et huit collines ne peut être vaincu par la force. Si grande soit la mienne, je n'en viendrai pas à bout... Agissons par la ruse. Le long de la palissade qui entoure votre maison, du côté par où le dragon viendra, disposez huit tabourets et, sur chacun d'eux, un vase rempli de saké, cet alcool de riz qu'au Japon nous apprécions tant. Il faut qu'il soit le plus fort possible, au moins huit fois plus fort que le saké ordinaire. Ensuite cachez-vous derrière la palissade et laissez-moi faire. Et pour que votre fille ne coure aucun risque... »

Le dieu n'acheva pas sa phrase, posa sa main sur l'épaule de la jeune fille et, instantanément, la transforma en un peigne d'écaille. Susanoo prit le peigne et le planta dans son épaisse chevelure.

Puis il attendit le dragon.

Celui-ci ne tarda pas. Il s'approcha dans un bruit d'arbres fracassés, de roches qui dégringolent, humant l'air avec gourmandise. Il se sentait plein d'appétit, il allait se régaler. Mais quelle était cette odeur délicieuse ? Ce n'était pas celle d'une jeune fille en fleur, c'était plus subtil et plus fort... Et les huit têtes plongèrent dans les huit vases et burent avec délices jusqu'à la dernière goutte de saké. Le dragon, qui se nourrissait seulement de chair et d'eau fraîches, ne connaissait pas l'alcool... Il fut aussi saoul qu'on peut l'être ! Ses seize yeux se fermèrent, ses huit cous dodelinèrent et des ronflements puissants s'échappèrent de ses huit paires de narines.

Susanoo put enfoncer aisément son épée

longue et fine dans les flancs du dragon. Le sang, qui ruisselait sur le sol, teignit la rivière en rouge.

Comme le dieu frappait le corps en son milieu, son épée rencontra quelque chose de dur, qui résonnait comme du métal. Intrigué, Susanoo fendit le cadavre en deux et l'ouvrit comme il l'aurait fait d'un melon. À l'intérieur, il découvrit une épée merveilleuse, encore plus longue et fine que la sienne, et plus résistante.

Au fil des siècles, les Japonais conservèrent pieusement cette épée comme un des trésors de l'Empire. Elle se trouve à présent dans un temple.

Cependant Susanoo, n'ayant plus rien à craindre du dragon, retira de ses cheveux noirs le peigne d'écaille, qui redevint aussitôt une belle jeune fille.

Le dieu l'épousa, fut heureux, et ils eurent beaucoup d'enfants, qui furent tous plus ou moins des dieux. Mais, au Japon, ne compte-t-on pas huit cent mille dieux ?

Rencontres avec le dragon

❦

7. Le dragon gourmand

HITTITE

Les Hittites vivaient en Asie Mineure et formèrent un puissant empire au IIe millénaire avant Jésus-Christ. Comme les habitants de Babylone, ils gravèrent sur des tablettes d'argile les histoires de leurs dieux. Le conte que vous allez lire était récité au cours d'une cérémonie religieuse, au début de la saison des pluies. Il avait pour but de montrer que les puissances de l'eau, qui, dans la légende, avaient été vain-

cues sous la forme d'un dragon, pouvaient l'être à nouveau dans la réalité.

Tout le monde le sait, les dragons sont gourmands. Ils ne peuvent résister à l'attrait d'un bon repas, même si les conséquences peuvent être dangereuses.

Le dragon des Eaux profondes habitait — cela va de soi — dans les profondeurs de l'eau. Il sortait de son palais sous la mer par une sorte de couloir, qui se terminait par une ouverture étroite, ce qui lui permettait d'aller se promener sur la terre sans se faire remarquer.

Si son aspect était habituel — tête de dragon, queue de dragon, pattes de dragon, le tout recouvert d'écailles vernissées d'un beau bleu profond —, il avait par contre un nom original : Illouyanka.

Un jour, il se disputa avec le grand dieu des Vents, qui distribuait dans le monde pluies, orages et tempêtes. Chacun d'eux prétendait être plus puissant que l'autre et plus indispensable aux hommes. Le dragon était le plus fort. Il battit son adversaire à plate couture.

Le dieu des Vents était affreusement vexé. Comment se venger d'Illouyanka ? Il en parla à la déesse Inara, laquelle était de bon conseil.

« Puisque nous ne pouvons le vaincre par la force, utilisons la ruse, lui proposa-t-elle. Invite-le à un banquet. Je le ferai boire et, quand il sera ivre, tu en viendras à bout facilement. »

Inara et le dieu des Vents préparèrent un festin magnifique, auquel ils invitèrent tous les autres dieux et, bien entendu, le dragon. Mais ils redoutaient celui-ci.

« Si jamais il soupçonne notre ruse, il deviendra mauvais, dit Inara. Robuste comme il est, il risque de nous tuer tous et il n'y aura plus de dieux. Quelle catastrophe pour le monde ! Faisons plutôt venir un homme : c'est lui qui affrontera le monstre. Sans doute, il risquera sa vie... Mais la mort d'un petit homme est moins grave que la disparition des dieux. »

Inara chercha donc un homme et finit par en trouver un, Houpasiya, qui accepta sa proposition.

« À une condition, précisa-t-il. J'ai besoin, pour lutter contre le dragon, d'être un peu plus qu'un homme. Si tu m'aimes, tu me communiqueras ta force divine et je pourrai alors vaincre Illouyanka.

— Suis-moi dans mon palais, répondit Inara, et je t'aimerai. Je serai envers toi comme ta deuxième épouse ! »

En effet, le petit homme avait déjà une femme et un enfant.

Vint le jour du banquet. Décor luxueux, tables couvertes de mets raffinés, boissons de prix à volonté, tous les dieux réunis et, caché dans un coin de la salle, Houpasiya prêt à bondir. Le dragon était comblé ; chacun s'ingéniait à lui proposer les meilleurs morceaux et à lui remplir son verre. Il s'empiffrait comme un glouton et le vin lui coulait de la gueule et poissait ses belles écailles bleues, tant et si bien que, n'en pouvant plus de manger et de boire, il voulut rentrer chez lui.

Il se leva en titubant ; tous se levèrent en même temps. Dodelinant de la tête et traînant son gros ventre sur le sol, il avançait lentement — suivi de tous les dieux, et du petit homme, dissimulé derrière eux.

Enfin Illouyanka arriva devant la mince ouverture qui conduisait, par le couloir étroit, jusqu'à son palais sous les eaux. Hélas ! il avait le corps si gonflé qu'il ne parvint pas à y pénétrer ! Il pouvait bien se tortiller, avancer, reculer, recommencer, rien à faire !

Houpasiya eut alors beau jeu de s'élancer, une corde à la main, et de ligoter le dragon. Le dieu des Vents acheva le monstre triomphalement.

Le conte pourtant ne se termine pas là. Car la déesse Inara garda son petit homme prisonnier. Si elle lui rendait la liberté, il risquait de partager avec les autres hommes la force divine qu'elle lui avait donnée. Qu'arriverait-il aux dieux si les humains devenaient aussi puissants qu'eux ?

Mais à la longue, Houpasiya s'ennuya dans le palais d'Inara. Il voulait retrouver sa femme et son enfant. Il supplia la déesse de le laisser partir. Alors elle le tua.

Voilà pourquoi les hommes sont toujours — au moins dans les histoires — beaucoup moins forts que les dieux.

8. Le dragon fiancé et la fille sans bras

MOLDAVIE

Dans les contes moldaves, nous n'avons plus affaire à un dragon isolé mais à de véritables familles de dragons, parents et enfants monstrueux, aussi turbulents que maléfiques. Si, comme dans toutes les familles humaines, ils s'entraident parfois, le plus souvent ils se disputent et vont même jusqu'à s'entretuer.

Dans un village moldave, un vieux et une vieille avaient une fille si belle, si belle que tous les garçons du voisinage attendaient avec impatience qu'elle fût en âge de se marier pour pouvoir l'épouser.

Elle, sans trop se soucier d'eux, menait une vie tranquille, près de ses parents, à la maison, toujours active, souriante et gentille.

Mais voilà... ce bonheur ne dura pas et l'orage vint troubler le ciel bleu. La vieille tomba malade. Avant de mourir, elle donna à sa fille une bague en lui disant : « Je souhaite que tu épouses l'homme qui pourra la mettre à son doigt. » La bague en question était si étroite qu'il fallait pour l'enfiler un doigt particulièrement mince.

La fille pleura longtemps sa mère, mais on ne peut toujours pleurer... Comme son père la poussait à se marier et que le vœu d'une mourante est sacré, elle fit essayer la bague aux jeunes gens du voisinage : ils avaient tous le doigt trop gros. Alors, des villages environnants, d'autres prétendants arrivèrent, et tous échouèrent ; malgré cela, il en venait toujours de nouveaux.

Or, non loin de là, demeurait un dragon, Haut-Brigand-Barbe-au-Vent, qui vivait avec son neveu — et tous deux étaient aussi monstrueux que méchants. Ayant entendu parler de la belle et de sa bague, Haut-Brigand dit au jeune dragon : « Cette fille sera pour toi. Tu l'épouseras et elle deviendra notre esclave. »

Comme il était forgeron, il alluma un grand feu et força son neveu à laisser sa main dans les flammes, pendant neuf jours et neuf nuits. Quand la main fut bien ramollie, Barbe-au-Vent la posa sur l'enclume et la frappa de ses neuf marteaux, jusqu'à ce que les doigts s'amincissent assez pour passer dans la bague.

Le jeune dragon, revêtu de ses plus beaux habits, tout chamarrés d'or et d'argent, s'en alla en se dandinant faire la queue avec les autres prétendants. Dès qu'il aperçut la belle, il tomba amoureux d'elle. Quand arriva son tour, il fut le seul à pouvoir sans difficulté passer le doigt dans la bague. Comme il était content ! Quant à la pauvre fille, elle était obligée d'épouser un dragon, affreux, hideux, repoussant, aussi laid que tous les péchés. Quelle horreur !

Elle fit cependant bonne figure et, dès qu'elle put s'échapper, courut jusqu'au cimetière où était enterrée sa mère. En pleurant bien fort, elle lui dit :

Ô noire terre !
Ô noire tombe de ma mère !
Puissent les vents t'ébranler,
Ta poussière secouer,
Que mes plaintes et mes pleurs
Pénètrent jusqu'à ton cœur !

« Qu'y a-t-il, ma fille ? Que veux-tu ? » fit une voix étouffée qui semblait sortir de dessous terre.

La jeune fille expliqua ce qui lui arrivait.

« Eh bien, conseilla la mère, dis à ce dragon qu'il te fasse faire une robe extraordinaire, une robe de soleil, de lumière dans l'aube claire, de midi éclatant, de crépuscule rougeoyant. À cette condition seulement, tu accepteras de l'épouser. »

La fille suivit le conseil de sa mère. Le jeune dragon se dépêcha de retourner voir son oncle, et leurs dragons domestiques eurent vite fait de couper, tailler, décorer la robe la plus somptueuse qu'on ait jamais vue, étincelante de diamants et de rubis. Quand la jeune fille la revêtit, elle sembla plus belle encore. Le dragon se sentait joyeux, plus que jamais amoureux. À la maison de la jeune fille, on commença les préparatifs du mariage et les femmes enfournaient des gâteaux. Mais la pauvre fille contenait ses larmes avec peine et, dès qu'elle put, s'enfuit au cimetière.

Ô noire terre !
Ô noire tombe de ma mère !
Puissent les vents t'ébranler,
Ta poussière secouer,
Que mes plaintes et mes pleurs
Pénètrent jusqu'à ton cœur !

Cette fois la mère conseilla à sa fille de demander au dragon une robe tissée de fleurs des champs, fragiles, parfumées, tout emperlées de rosée.

Le dragon, quoique un peu surpris de cette exigence nouvelle, se hâta d'aller trouver son oncle. Haut-Brigand-Barbe-au-Vent convoqua aussitôt fileuses, tisserandes, tailleurs, orfèvres, brodeuses. Pendant trois jours, ils cueillirent des fleurs, trois autres jours les assemblèrent, utilisant des fils de soie, trois jours encore les mêlèrent à des pierres précieuses, cousues avec des fils d'or. Au bout de neuf jours, la robe était prête. Quand la jeune fille la revêtit, les oiseaux se mirent à chanter, les prairies à fleurir, le soleil à rayonner. Et les hommes qui la voyaient passer auraient voulu mourir d'amour pour elle.

Mais elle ne s'en souciait pas. Tandis qu'à la maison on décorait les murs, on dressait les tables pour la noce, elle se précipita au cimetière, haletante, désespérée.

Ô noire terre !
Ô noire tombe de ma mère !
Aussi lourde que tu sois,
Plus lourde est ma peine à moi.
Puisses-tu en deux te fendre !
Puisse ma mère m'entendre !

« Écoute, ma pauvre fille, dit la voix étouffée de la mère, essaie encore une fois. Exige du dragon une robe de ciel nocturne, ornée d'étoiles et de lune. Prends-la s'il te la donne et fais semblant de consentir au mariage. Quand tu sortiras dans la cour pour la ronde de la mariée, touche la fleur de ton corsage et prononce ces mots : “Brouillard derrière, lumière devant.” Alors tu pourras t’en aller, sans que personne ne te voie. »

La fille demanda donc au dragon de lui offrir une troisième robe, de ciel, d’étoiles et de lune, et le dragon accepta. Il se disait qu’après la noce les robes retourneraient chez lui avec la mariée et qu’il se ferait un plaisir de les montrer aux autres dragons, ses amis.

Quand la troisième robe fut confectionnée, elle était si merveilleuse... Non, je ne vous la décrirai pas, j’y passerais la journée !

La jeune fille mit la robe, puis les invités arrivèrent ; les musiciens commencèrent à jouer ; on but, on mangea, on rit, on chanta et bientôt on se leva pour la danse. Comme la coutume le veut, la mariée devait aller la première dans la cour pour faire la ronde et tous s’écartèrent sur son passage.

Dès qu’elle fut dehors, elle toucha la fleur épinglée à son corsage en disant : « Brouillard derrière, lumière devant. » Aussitôt un brouillard épais enveloppa toute chose et elle s'en alla, sans que personne ne la voie.

Elle marcha longtemps, longtemps et finit par arriver dans une forêt. La nuit était tombée, la pluie menaçait et le vent agitait la cime des grands arbres. La jeune fille se laissa tomber sur le sol, se blottit derrière un buisson et s'endormit.

Cependant le neveu de Barbe-au-Vent n'avait pas perdu de temps. Fou de colère, il était retourné chez lui demander secours à son oncle. Grand branle-bas chez les dragons ! Tous voulaient se précipiter à la poursuite de la belle, mais Haut-Brigand les en empêcha. Seuls partirent son neveu et l'un de ses amis, avec deux bons chiens de chasse, capables de suivre la mariée à la trace.

Et c'est ce qu'ils firent. Ils arrivèrent dans la forêt, qui résonna de leurs aboiements. Ils découvrirent la jeune fille toujours terrée dans son buisson. Le neveu de Barbe-au-Vent l'attrapa par le bras et voulut l'entraîner avec lui. Elle résistait. Alors l'autre dragon tira son épée et trancha les deux bras de la fille. Ceux-ci tombèrent à terre. Les dragons s'en emparèrent et les donnèrent à dévorer à leurs chiens. Puis ils s'en furent, abandonnant à son sort la pauvre fille, qui souffrait et se lamentait.

À ce moment, le tonnerre éclata, la tempête fit rage, secoua les arbres, brisa des branches sur lesquelles se trouvait un nid. Les branches, le nid, les oisillons tombèrent juste devant la fille. Les petites bêtes épouvantées piaillaient et s'enfuyaient de tous côtés. La jeune fille les rassembla du mieux qu'elle put, avec ses pieds, avec sa tête, et les abrita sous sa robe. Quand la tempête fut apaisée, la mère oiseau survint, heureuse de retrouver ses petits sains et saufs.

« Comment te remercier ? dit-elle à la jeune fille. J'aimerais pouvoir faire repousser tes bras, mais pour cela il faudrait que j'aille puiser l'eau claire comme les larmes, à la source des sources, sous le rocher des dragons... N'y pensons pas, c'est bien trop loin pour qu'un oiseau vivant y parvienne jamais. Ce que je peux, c'est m'occuper de toi et te nourrir comme l'un de mes petits. »

L'oiseau décrivit un cercle au-dessus de la jeune fille et voilà que celle-ci fut transformée en oisillon, semblable en tous points à ceux qui étaient tombés du nid.

Pendant toute une saison, la mère oiseau soigna ses petits, leur apporta de la nourriture, leur apprit à voler, jusqu'au moment où ils purent se débrouiller seuls. Alors, toujours tous ensemble et la jeune fille au milieu d'eux, ils menèrent une vie d'oiseaux, libres, volant au-dessus des bois, des champs, des vergers, et, dès l'aube, saluant de leurs chants la naissance du soleil.

Ils aimaient particulièrement se rendre dans un verger de pommiers, dont les fruits ronds et rouges étaient délicieux. Ils se régalaient si bien que le roi Vert, auquel appartenait ce verger, n'avait plus une seule pomme à manger.

« Cela ne peut plus durer, déclara-t-il à l'aîné de ses trois fils. On vient me dévorer mes pommes ! Tu iras cette nuit guetter le voleur. »

Le fils aîné s'installa dans l'herbe, au pied

du plus bel arbre, mais quand à l'aube les oiseaux arrivèrent, il dormait profondément.

Le deuxième fils se rendit, lui aussi, sous cet arbre, mais quand à l'aube les oiseaux arrivèrent, ses ronflements ébranlaient l'air.

Quand ce fut son tour, le plus jeune fils était bien décidé à surprendre le voleur, car il aimait les pommes encore plus que son père. Il réussit à passer la nuit sans dormir et, dès que parurent les premiers rayons du soleil, il entendit des froissements dans le feuillage, des pépiements, des gazouillis : une nuée d'oiseaux s'était abattue sur les branches. Il épaula son fusil. « Ne tire pas ! cria un des oiseaux. Tu pourrais nous tuer, et qu'y gagnerais-tu ? »

Un oiseau qui parle ! Le fils du roi, surpris, abaissa son arme. L'oiseau, en sautillant, descendit jusqu'à terre : dès qu'il toucha le sol, il se transforma en une jeune fille si belle, si belle que le prince tomba aussitôt amoureux d'elle. Le fait qu'elle fût sans bras ne le gênait pas. Mais quand la jeune fille lui eut conté son histoire, il décida de partir immédiatement à la recherche de l'eau magique qui pourrait lui rendre ses bras.

« N'y va pas, dit la fille. C'est trop loin et trop dangereux : des dragons gardent la source des sources dont l'eau est claire comme les larmes.

— J'irai pourtant, dit le fils du roi. Dis-moi où je te retrouverai quand je reviendrai.

— Tous les matins, dès l'aube, je t'attendrai dans le verger. »

Le jeune prince partit.

Il parcourut des plaines et des collines, gravit des montagnes, franchit des rivières. Il rencontra des gens aimables et d'autres qui ne l'étaient pas ; mais personne ne savait où se trouvait la source des sources, gardée par des dragons, à l'eau plus claire que les larmes.

Un beau jour, il arriva devant un ravin au fond duquel trois diablotins se disputaient : ils faisaient un vacarme de tous les diables et commençaient à se battre quand ils aperçurent le voyageur.

« À l'aide ! À l'aide ! lui crièrent-ils.

— Je veux bien vous aider, mais à quoi ?

— Eh bien, notre père est mort, dit le premier diable.

— Et alors ?

— Il nous a laissé ses biens, dit le deuxième diable.

— Quels biens ?

— Les sandales pour marcher sur l'eau, le bonnet qui rend invisible, la flûte qui nous transporte où nous voulons aller », dit le troisième diable, puis, sans reprendre son souffle, il ajouta : « et nous ne savons pas qui aura quoi... »

« Un héritage intéressant, se dit le fils du roi. C'est tout à fait ce qu'il me faut. Comme ces diablotins n'ont pas l'air malin... »

« Écoutez, continua-t-il tout haut, je veux bien vous départager. Le premier qui arrivera en haut de cette colline — vous la voyez là-bas, à l'horizon —, celui-là aura gagné les trois objets. Car n'en avoir qu'un seul ne servirait à rien.

— Quelle bonne idée ! Merci ! Merci ! »

Les trois diablotins s'élancèrent au triple galop. Peut-être sont-ils encore aujourd'hui en train de galoper ! Qu'ils aillent au diable et continuons notre histoire.

Évidemment, grâce à la flûte, le fils du roi se retrouva en un clin d'œil sous le rocher des dragons, devant la source des sources, et, grâce aux sandales, il s'avança au-dessus de l'eau, tout en demeurant invisible, grâce au bonnet.

Mais les dragons s'étaient rendu compte qu'on venait puiser de leur eau. Pourtant ils ne voyaient personne.

L'un d'eux pencha la tête au-dessus de la source. Comme il gênait le fils du roi, celui-ci lui flanqua un grand coup sur le crâne. Le dragon, croyant qu'un de ses camarades lui faisait une mauvaise farce, se retourna, furieux, et lui rendit le coup. Il s'ensuivit une mêlée générale, à laquelle le prince invisible participa de bon cœur, et les choses s'envenimèrent si bien que les dragons s'entretuèrent. Tous sauf un. Celui-là avait la peau plus dure que les autres.

« Qu'importe ! Je vais l'emmener avec moi et l'enfermer dans un cachot. Il y mourra de faim et d'ennui », pensa le prince. Aussitôt dit, aussitôt fait. Un air de flûte et les voilà arrivés à la cour du roi Vert. Une fois le dragon enfermé entre des murs épais, surveillé par de nombreux gardes, le fils du roi se precipita dans le verger où l'attendait sa bien-aimée, sous le plus grand des pommiers. Trois fois il arrosa ses épaules de l'eau magique, et les bras de la jeune fille repoussèrent, aussi beaux qu'avant. Elle rayonnait d'un tel bonheur qu'à côté d'elle le soleil pâlissait.

Alors le prince et la jeune fille allèrent saluer le roi Vert. Je vous laisse à penser si celui-ci était heureux de retrouver son fils, qu'il avait cru perdu, et, qui plus est, avec une fiancée aussi belle !

On avait déjà commencé les préparatifs de la noce, lorsque patatras ! on entendit de grands bruits sourds, comme si des murs s'effondraient. On vit courir les gardes épouvantés, et le dragon, évadé, surgit. Vite, le prince mit son bonnet sur la tête — par chance, il l'avait conservé avec lui ! Devenu invisible, il porta au dragon un tel coup de massue que le monstre s'effondra.

Mais il n'était pas tout à fait mort. Et, de ses pattes griffues, il essayait d'attraper la jeune fille : c'était celle qui aurait dû devenir sa femme, car il était, lui, le neveu de Haut-Brigand-Barbe-au-Vent et il portait encore au doigt la bague de la mère morte.

La fiancée ne perdit pas la tête. Elle reconnut la bague et la lui arracha. Alors le dragon se ratatina. Il ne resta bientôt plus de lui qu'un tas d'os. On fit un grand feu et on les brûla, puis on jeta les cendres aux vents.

L'histoire ne dit pas si le fils du roi put enfiler la bague. Je le suppose : les princes ont les doigts minces. Ce que je sais, c'est qu'on reprit les préparatifs du mariage. On alla même chercher le père de la mariée dans un carrosse tiré par douze chevaux.

Les noces furent magnifiques. On n'en vit jamais de pareilles.

Ceux qui passaient là par hasard
Avaient à manger et à boire :
Du pain tiré d'une bouteille,
Du vin mis au four sous la treille,

Du vent pour s'essuyer les doigts.
Pendant neuf jours, on festoya.
Je me suis si bien amusée
Que je n'ai plus rien à conter !

9. Tête-de-dragon

ITALIE

Il existe plusieurs versions de ce conte étrange ; Giambattista Basile l'a recueilli dans la région de Naples, au XVIIe *siècle ; plus près de nous, Italo Calvino l'a repris dans ses* Contes populaires italiens. *Il le situe en Toscane, mais cite des variantes d'autres régions d'Italie.*

La créature surnaturelle n'est pas forcément un dragon, elle peut être un gros lézard, une tête de bufflonne, un serpent, une ogresse... Mais elle a toujours quelque chose de monstrueux, ce qui ne l'empêche pas de jouer le rôle d'une parfaite éducatrice.

Un pauvre paysan avait trois filles qu'il avait bien du mal à nourrir. Un jour qu'il travaillait dans son champ, le fer de sa bêche heurta dans le sol quelque chose de dur. « Et si c'était un coffre contenant un trésor ? » se demanda-t-il. Avec de petits coups de bêche précautionneux, il dégagea la chose : c'était une tête de dragon bien horrible, deux gros yeux, une longue langue qui lui sortait de la gueule, une peau tout écailleuse.

Le paysan épouvanté s'apprêtait à l'enfouir à nouveau dans la terre quand elle se mit à parler : « N'aie pas peur ! Je ne veux que ton bien. Donne-moi une de tes filles et je ferai sa fortune. »

Notre paysan était bien embarrassé. Fallait-il croire aux promesses de ce monstre ? Mais s'il n'y croyait pas, n'allait-il pas gâcher les chances de sa fille ? Il y avait de l'enchantement là-dessous. C'était, pour sûr, une tête de dragon-fée. Il la porta soigneusement dans un coin du champ et posa dessus sa veste.

Sur le coup de midi, arrive sa fille aînée, avec le déjeuner dans un panier. « Va donc voir ce qu'il y a sous ma veste », lui demande le père. Elle obéit mais, dès qu'elle aperçoit la tête, elle s'enfuit en poussant des cris. Elle court jusque chez elle. La mère, affolée, craignant qu'il soit arrivé malheur à son mari, envoie sa fille cadette, laquelle, en regardant la tête, s'enfuit comme sa sœur, courant deux fois plus vite, hurlant deux fois plus fort.

« J'irai donc, moi », dit la benjamine, la plus hardie, la plus maligne.

Quand elle découvre la tête de dragon-fée, au lieu de fuir, elle lui sourit, regarde amicalement ses gros yeux, caresse même sa peau écailleuse.

« Viens avec moi et tu vivras comme une princesse », déclare Tête-de-dragon à la petite. Et, se traînant et se poussant du mieux qu'elle peut, elle se dirige vers un petit bois, arrive au milieu d'une clairière, soulève une trappe et descend en roulant un escalier de verre jusque dans un palais souterrain. Arrivée en bas, elle crie à la fille : « Suis-moi ! Qu'est-ce que tu attends ? Mais fais attention de ne pas glisser dans l'escalier ! »

Pendant plusieurs années, Tête-de-dragon apprit à la fillette tout ce qu'une enfant de bonne famille devait savoir ; elle lui apprit même à lire et à écrire, si bien que la petite devint une jeune fille accomplie et, de plus, fort jolie. Elle aimait beaucoup sa mère adoptive et toute tête-de-dragon que celle-ci était, elle l'appelait « maman » et coulait près d'elle des jours heureux, dans le palais souterrain.

Pourtant, il lui prit un beau matin l'envie de retourner à la surface de la terre, dans la clairière. « J'ai besoin de respirer... Maman, laissez-moi monter un moment. »

Tête-de-dragon n'était pas trop contente, mais elle ne savait rien refuser à sa fille. Voilà donc celle-ci assise au milieu des bois sur une petite chaise d'argent, son ouvrage à la main. Passe par là le fils du roi, qui s'était égaré en allant à la chasse. Il voit la jeune fille, lui parle, la trouve à son goût, belle, agréable, éduquée comme une princesse : il lui propose de l'épouser.

« Je veux bien, répond la fille tout heureuse, mais il faut d'abord que je demande à maman. »

Elle redescend par la trappe.

« Eh bien ! s'exclame Tête-de-dragon, il ne t'a pas fallu longtemps pour trouver un prétendant ! Épouse-le, si c'est ce que tu veux et si tu penses être digne d'un prince. Mais n'oublie pas que c'est grâce à moi. »

En apprenant que la mère consent au mariage, le prince promet de revenir dans huit jours chercher la jeune fille, dont il fera sa femme. Celle-ci, en l'attendant, prépare son trousseau avec Tête-de-dragon : draps, nappes, serviettes, chemises, culottes et jupons, tous de toile fine, broderies et dentelles, magnifiques.

Au bout des huit jours, le prince revient dans la forêt, en carrosse, accompagné par les dames et les seigneurs de sa cour, curieux de connaître la future mariée.

Laquelle, dès qu'elle entend le bruit des roues et le galop des chevaux, perd la tête, monte l'escalier de verre quatre à quatre et, sans même dire « au revoir » à sa bienfaitrice, encore moins « merci », se précipite vers son fiancé, en laissant la porte de la trappe ouverte. À peine a-t-elle grimpé dans le carrosse qu'elle se frappe le front. « J'ai oublié mon peigne, dit-elle, et je dois aller le chercher, car maman m'a bien avertie que, si j'oubliais quelque chose, il m'arriverait malheur.

— Des peignes, nous n'en manquons pas dans mon royaume », remarque le prince, mais, pour faire plaisir à sa fiancée, il retourne dans la clairière.

« Ah te voilà ! Mais tu étais partie ? fait Tête-de-dragon en voyant la jeune fille revenir. Tu as oublié quelque chose ?

— J'ai oublié mon peigne.

— Seulement ton peigne ?

— J'ai beau chercher partout, je ne le trouve pas. »

La jeune fille fouille dans tous les tiroirs de sa chambre, se penche pour regarder sous les meubles. En vain. Elle se redresse et aperçoit dans la glace, au-dessus de sa commode, une affreuse tête de dragon qui la dévisage. Elle écarquille les yeux. « C'est moi ?.... Ce n'est pas moi ! » s'écrie-t-elle, horrifiée. Et pourtant la dragonne du miroir porte la même robe qu'elle.

« Maman ! Maman ! Qu'est-ce qui se passe ? Faites quelque chose !

— Je n'y peux rien, répond Tête-de-dragon. Tu as la récompense de ton attitude envers moi. Je t'ai aimée et élevée comme ma fille, tu me dois tout, et tu es partie, sans un "au revoir", sans un "merci"... Qui plus est, en laissant la porte ouverte.

— Mais le prince...

— Il a promis de t'épouser. Il devra te prendre telle que tu es. »

La pauvre fille s'enveloppa la tête dans un voile épais et s'en retourna tristement vers le carrosse.

« Que vous arrive-t-il, ma chère amie ? demanda le prince. Emmitouflée de la sorte, vous allez mourir de chaud !

— Je viens d'attraper un gros rhume », répondit la jeune fille d'une voix étouffée.

Elle réussit, tant bien que mal, à échapper aux regards fureteurs des courtisans, mais ne put résister longtemps aux prières de son fiancé, qui voulait contempler à loisir son joli visage. Quand il la vit, il faillit s'évanouir. Et dire qu'il avait promis d'épouser un monstre pareil !

Il se confia à la reine, sa mère. Elle lui conseilla d'éloigner la pauvre fille. On l'enferma dans une mansarde poussiéreuse, sous les combles du château.

Le prince en tomba malade. « Courage, mon fils, lui dit la reine. Je connais à la cour deux belles filles qui rêvent de t'épouser. Organise un concours entre elles et ta fiancée. Celle qui, dans la semaine, sera capable de filer une livre de lin aura gagné et deviendra ton épouse. »

Les deux belles jeunes filles s'enferment et se mettent à filer leur livre de lin, du matin au soir. La malheureuse fiancée est incapable de rien faire, tant elle pleure et gémit. Pourtant, comme approche la fin de la semaine, elle sort de son engourdissement, trouve une corde, descend de sa mansarde par la fenêtre, court jusqu'à la trappe de la clairière.

« Maman, maman, vous qui avez toujours été bonne pour moi, sauvez-moi ! Défaites ce que vous avez fait.

— Je ne peux pas. Mais prends cette noix et donne-la au fils du roi. »

Quand les deux autres jeunes filles se présentent, leur écheveau de lin dans les bras, la fiancée montre sa noix. « Vous vous moquez de moi ! » s'exclame le prince. Mais il ouvre le fruit et en sort un écheveau si bien filé que tous s'émerveillent. Ce qui ne fait pas son affaire, car s'il n'a pas oublié la jolie fille des bois, il ne se résigne pas à épouser le monstre qu'elle est devenue.

« Qu'à cela ne tienne, dit la reine. Soumettons ces demoiselles à une autre épreuve. Voici pour chacune une pièce de toile : qu'elles y taillent et cousent une chemise. Celle qui confectionnera la plus belle chemise se mariera avec mon fils. »

Nos deux demoiselles s'enferment chacune dans sa chambre et travaillent. La fiancée, dans sa mansarde, pleure et soupire, sans rien faire d'autre. Puis elle se décide le dernier soir, s'évade par la fenêtre, court à la clairière, supplie en vain sa bonne mère et n'obtient d'elle qu'une noisette. Quand vient le jour où les trois jeunes filles doivent présenter leur ouvrage, c'est la noisette qui contient la chemise la mieux faite, bien coupée, bien cousue, le col et les poignets brodés d'or.

« Cette fois, déclare la reine, ce sera la dernière épreuve. Dans huit jours, je donnerai un grand bal. Préparez-vous, mesdemoiselles, car la plus belle deviendra l'épouse de mon fils. »

Les deux jeunes filles, pendant huit jours, se pomponnent, se fardent, se parfument, n'en finissent plus de se coiffer, essaient tous les vêtements possibles. La pauvre fiancée se désole. Que peut-elle espérer avec sa figure grotesque, ses gros yeux, sa longue gueule et sa peau tout écailleuse ? Elle retourne pourtant le dernier soir à la clairière et descend dans le palais où demeure sa bienfaitrice.

« C'est encore toi ! s'écrie Tête-de-dragon. Toujours en train de pleurnicher. Tu n'as qu'à t'en prendre qu'à toi. Tu entres et tu sors d'ici, sans un "bonjour", sans un "merci", en laissant même la porte ouverte, alors que je t'ai comblée de bienfaits et que ta fortune était faite.

— Pardon ! Pardon, ma chère maman ! gémit la jeune fille en pleurant aux pieds de sa bienfaitrice. Je reconnais votre immense bonté pour moi. Jamais je ne vous remercierai assez. Et je vous le promets, que j'entre ou bien que je sorte, je fermerai toujours la porte. Pardonnez-moi.

— Allons, allons. Relève-toi. Va dans ta chambre chercher ton peigne. Cette fois tu le trouveras. »

La jeune fille va dans sa chambre, prend son peigne sur la commode, au passage jette un coup d'œil dans le miroir. Ô surprise ! ô joie ! Elle est redevenue comme avant, encore plus belle si possible. Elle court aussitôt remercier la tête de dragon-fée.

Enfin arrive le jour du bal. Les trois demoiselles avancent, enveloppées dans des voiles.

Le prince soulève le voile de la première : « Quelle coiffure biscornue ! » dit-il. Puis il soulève le voile de la deuxième : « Comme elle s'est tartiné la figure ! »

Il hésite à soulever le voile de la troisième, la fiancée qu'il a aimée. Enfin il se décide et la voit aussi belle qu'avant, encore plus si c'est possible.

Il n'y comprend rien, mais il est heureux. La jeune fille aussi et, bien sûr, la tête de dragon-fée, et même la reine. Il ne reste plus qu'à célébrer la noce.

Aujourd'hui, s'ils ne sont pas morts,
Heureux, ils le sont encore.

10. Le dragon du Nonnenfels

LORRAINE

Qu'un dragon soit le gardien d'un trésor souterrain n'a rien d'original : c'est une fonction qui lui est souvent réservée, comme nous le voyons dans la légende germanique de Siegfried (p. 167). Qu'un jeune homme soit amené à l'affronter n'a rien non plus d'exceptionnel : c'est le destin promis aux héros des contes. Mais le héros du Nonnenfels se conduit d'une manière inattendue.. Seul un conteur populaire plein de

malice pouvait imaginer pareil dénouement.

Dans la vallée de l'Eigenthal vivait un jeune garçon nommé Franz. Il gagnait sa vie en gardant les vaches. Souvent il les emmenait paître l'herbe grasse et verte d'une prairie, au pied du Nonnenfels, cette montagne faite de gros blocs de grès rouge aux formes fantastiques.

Un jour qu'il se trouvait là avec ses bêtes, il vit s'avancer vers lui en cabriolant un animal étrange. Il ressemblait à un chevreuil, mais son pelage était d'un blanc de neige. Il s'immobilisa et regarda le jeune vacher fixement, puis repartit en quelques bonds vers la montagne, s'arrêta à nouveau en tournant la tête, comme pour inviter le garçon à le suivre.

Franz n'était pas très hardi, mais il était curieux. Il n'hésita pas longtemps, jeta un coup d'œil à ses vaches, qui ruminaient tranquillement à l'ombre des grands hêtres, et suivit le chevreuil. Celui-ci conduisit le vacher jusqu'au bas de la montagne, qu'ils commencèrent à gravir. Des pierres roulaient sous leurs pas. Franz grimpait prudemment en regardant où il mettait les pieds. Quand il releva la tête, le chevreuil avait disparu. Mais un peu plus haut, il aperçut dans la paroi rocheuse comme une porte. Il s'approcha. C'en était bien une, faite de fer quelque peu rouillé. Sans doute fermait-elle l'entrée d'une caverne. Une caverne ? Il n'en avait jamais entendu parler. Qui sait si elle ne cachait pas un trésor ? À moins qu'elle ne servît de refuge à une bête dangereuse... ou à une bande de voleurs. Franz n'était pas rassuré, mais il voulait savoir. À peine eut-il effleuré la poignée que la porte s'ouvrit et il entra dans une caverne immense, brillamment illuminée. Au centre se tenaient trois jeunes filles, serrées l'une contre l'autre, qui paraissaient l'attendre.

Comme ces demoiselles étaient belles ! Beaucoup plus que les filles de son village... aussi belles que la statue de la Vierge Marie ! Leurs fins cheveux blonds tombaient de chaque côté de leur visage ; elles portaient des robes de soie, l'une blanche, l'autre bleue, et la troisième rose pâle, couleur de l'églantine qui fleurit les buissons au printemps. Elles s'approchèrent de lui, en sautant toutes ensemble, si légèrement qu'elles semblaient flotter. Franz les contemplait, les yeux ronds, la bouche entrouverte.

Les trois jeunes filles le regardaient en souriant. Puis elles entonnèrent un chant mélodieux : on se serait cru au paradis.

« Le ciel t'envoie, bel inconnu, chanta la première.

— Nous t'avons longtemps attendu, chanta la deuxième.

— Ne crains rien, sois le bienvenu », chanta la troisième.

Franz tomba à genoux et joignit les mains.

Les demoiselles continuèrent, en faisant alterner leurs voix.

« Ces lourdes chaînes qui nous blessent,

— Viens près de nous pour les briser,

— Car toi seul peux nous libérer... »

Puis toutes les trois en chœur :

« Aie pitié de notre détresse ! »

Le vacher était tellement perdu dans sa contemplation qu'il comprenait à peine ce qu'elles chantaient. Cependant les mots *chaînes*, *détresse*, *libérer* finirent par pénétrer dans son esprit : en observant mieux les demoiselles, il s'aperçut — ô horreur ! — qu'elles étaient toutes les trois enchaînées par la taille... Enchaînées ! Prisonnières sans doute... Il devait absolument les délivrer.

À ce moment retentit un hurlement terrible qui fit trembler les parois de la caverne et dresser les cheveux sur la tête de Franz. Comme par enchantement, un monstre surgit à côté des trois jeunes filles. Assis sur un énorme coffre de fer qu'il agrippait de ses griffes, il jetait sur le vacher des regards menaçants. Du feu sortait de ses naseaux, de la bave de sa gueule et il serrait entre ses dents une clé d'or.

Franz, toujours agenouillé, le cœur affolé, n'osait plus faire un geste. Cependant les trois demoiselles continuaient à chanter, en s'adressant à lui d'une voix suppliante.

« Ami, sois courageux et fort !

— Approche hardiment du dragon...

— Prends entre ses dents la clé d'or...

— Alors nos chaînes tomberont...

— Tu posséderas le trésor...

— Caché dans le coffre sans fond. »

Mais Franz demeurait immobile, paralysé par la terreur. Le dragon remuait sa queue écailleuse, il crachait, il soufflait, et la clé d'or étincelait.

Les trois jeunes filles continuèrent, en se rapprochant d'un bond du vacher :

« Ami, ami, nous t'implorons...

— Sauve-nous de cet affreux sort...

— Et pense à l'or que nous t'offrons. »

Franz tressaillit et se releva. Pleines d'espoir, les demoiselles poursuivirent :

« Viens, noble vainqueur du dragon !

— Viens détruire notre prison...

— Plus près... plus près... avance encore ! »

Pourtant Franz n'avançait pas. Il reculait plutôt, en claquant des dents.

« Mais il s'arrête sans raison !

— Mais il tremble de tout son corps !

— Mais il s'enfuit comme un poltron ! » se lamentèrent harmonieusement les trois jeunes filles. Car, malgré leurs promesses et leurs supplications, Franz, qui avait retrouvé l'usage de ses jambes, leur tournait le dos à présent et se précipitait vers la porte. Il dégringola le flanc de la montagne, sans se soucier des cailloux qui roulaient, et se retrouva dans la prairie, où ses vaches paissaient toujours l'herbe grasse et verte.

Comme le soir tombait, il les ramena à l'étable. Il ne souffla mot de son aventure à personne. Il ne se confiait qu'à ses bêtes.

On ne revit jamais le chevreuil blanc, et le Nonnenfels garda son trésor. Mais de très vieilles femmes de l'Eigenthal prétendent qu'au matin de Pâques on entend du côté de la rivière des bruits étranges : des gloussements de joie, des rires et même des chansons dans les clapotis de l'eau. On dit aussi qu'un voyageur passant par là surprit, dans l'aube brumeuse, trois baigneuses au corps si transparent qu'on devinait à travers les herbes de la rive.

Dès qu'il s'approcha, les belles disparurent, en poussant des cris de détresse. Mais il entendit longtemps encore résonner leurs voix plaintives, du côté du Nonnenfels.

Combats héroïques

※

11. Le dragon et le coucou

LITUANIE

Sur une trame traditionnelle, voici un conte original. L'arrière-plan est historique, puisqu'il s'agit, au Moyen Âge, de la lutte du duché de Lituanie contre des envahisseurs venus de l'Ouest, les chevaliers teutoniques : ils veulent convertir de force au christianisme un peuple encore païen, et le dragon représente une figure ennemie, légèrement comique. En outre, les héros sont cette fois, non des chevaliers, mais des femmes.

En France, quand le coucou chante pour la première fois, on est content : c'est le signe du printemps. Puis on tâte ses poches et, si l'on y trouve une pièce de monnaie, on est assuré, paraît-il, de la conserver toute l'année.

En Lituanie, on juge mélancolique la chanson du coucou. C'est la plainte de Danuté, une merveilleuse jeune fille qui vivait en des temps anciens. Elle vivait pour ses trois frères, qu'elle aimait par-dessus tout. Un jour, ils partirent à la guerre, à l'appel de leur grand-duc, pour combattre leurs ennemis, les chevaliers teutoniques. Quand la guerre fut finie, semant partout ruines et deuils, les chevaux des trois frères rentrèrent seuls au logis. On ne revit jamais leurs cavaliers. Danuté pleura si fort et si longtemps la mort de ses frères que le roi des dieux, Perkunas, pris de pitié, la changea en coucou.

Le pauvre oiseau survola une dernière fois les lieux de son enfance, puis s'éloigna à travers la plaine. Il cherchait un asile auprès d'un cœur compatissant. Il chercha longtemps, ne rencontrant que des êtres méchants. À la fin, pourtant, il se posa sur un chêne, au centre d'une forêt immense. Là, dans une clairière, vivait Éléna la blonde avec ses neuf frères.

Éléna demeurait dans une maison un peu délabrée, aux murs de planches, aux joints de mousse. Les frères couraient les bois et les champs et faisaient la fête, chaque fois qu'ils le pouvaient. La jeune fille, elle, travaillait du matin au soir et chantait tout en travaillant. Son premier soin, à son réveil, était d'émietter du pain pour les oiseaux. Le soir, quand les chauves-souris sortaient en tournoyant du grand chêne, elle ne poussait pas de petits cris, comme font les dames de la ville : elle leur offrait un peu de lait.

Danuté le coucou résolut de s'arrêter là, près de celle qui traitait aussi bien les oiseaux que les hommes. Elle pensait trouver enfin l'oubli et le repos. Hélas ! Éléna la blonde, ses joyeux frères et leurs amies les bêtes n'étaient pas les seuls habitants de la forêt : il s'y trouvait aussi un vokietelis.

Un vokietelis, qu'est-ce que c'est ? Eh bien, c'est un dragon d'une espèce ordinaire, à neuf têtes et une seule queue, et qui a la fâcheuse habitude, lorsque les animaux lui font défaut, de se nourrir de chair humaine. Vokietelis, dans la langue du pays, signifie « Petit-Allemand » — ce qui est pure malice, de la part des Lituaniens, à l'égard de leurs voisins.

Petit-Allemand le dragon avait élu domicile dans la forêt où se trouvaient nos amis. La forêt était grande et ils n'avaient jamais eu l'occasion de se rencontrer.

Chacun vaquait à ses occupations. Éléna cuisait le pain, préparait la soupe, Danuté l'encourageait de son chant, les neuf frères attendaient que le repas fût prêt, sauf le dernier, qui voulait bien couper du bois pour rendre service à sa sœur. Petit-Allemand mangeait.

Comme il était encore très jeune, il s'attaquait de préférence aux petits animaux, lapins, souris, écureuils, un faon même de temps en temps. Quand il avait bien mangé, il se mettait en boule, à la manière des chats, et s'endormait. Il avait souvent du mal à nicher ses neuf têtes contre son ventre rebondi. Alors que huit d'entre elles avaient clos leurs paupières, la neuvième tête, plus curieuse et bien éveillée, se balançait gracieusement au-dessus des autres.

Le temps passa. Éléna filait le lin, tissait la toile, Danuté l'aidait en tenant le fil dans son bec, les frères attendaient, pour partir à la ville, que leurs vêtements fussent prêts, sauf le dernier, qui cueillait pour sa sœur un bouquet de fleurs des bois. Petit-Allemand mangeait.

Il avait beaucoup forci et sa neuvième tête, la plus haute, pouvait attraper les bourgeons à la cime des arbres. Mais l'ordinaire de son menu se composait de biches, d'ours et de sangliers ; une fois, il avala même un cerf, dont les bois lui picotèrent le gosier.

De temps en temps, Éléna interrompait sa tâche, levait les yeux : des coups sourds, des bruits de poursuite lui parvenaient de la forêt ; puis tout retombait dans le silence. Elle cessait de s'inquiéter. Mais Danuté le coucou se doutait de la vérité ; elle avait l'expérience de deux vies et savait tout bonheur menacé. Elle se rendit au fond des bois. Quand elle vit, au milieu des arbres, des ossements éparpillés et le vokietelis repu, passant les neuf pointes de ses langues sur ses dix-huit babines luisantes, elle s'envola jusqu'au seuil d'Éléna et se mit à chanter :

Les neuf têtes – coucou
Font la fête – coucou
Ne dédaignent – coucou
Jeunes plantes – coucou
Tendre viande – coucou
Sont gourmandes – coucou
De tout
De tout

Mais Éléna ne l'écouta guère. Elle avait d'autres pensées en tête : elle allait se marier.

Le jour des noces, elle échangea son collier de corail contre de nombreux colliers d'ambre, son tablier uni contre une lourde jupe bariolée et sa vieille maison des bois contre une belle demeure dans la plaine : elle épousait un riche fermier. Mais elle jura de n'oublier jamais ses frères, ni Danuté, ni les chauves-souris du grand chêne. Elle reviendrait aussi souvent qu'elle le pourrait. Et elle s'éloigna avec son mari, dans sa charrette fleurie, au trot de ses alezans.

Elle tint sa promesse. Un mois plus tard, sans avoir prévenu personne, car elle voulait faire une surprise, elle retourna dans la forêt. Elle emportait dans sa charrette neuf gâteaux qu'elle avait pétris, neuf chemises qu'elle avait tissées, neuf ceintures qu'elle avait brodées — sans oublier un pain de seigle pour les oiseaux et pour Danuté son amie. Elle avait même pris son fuseau, avec une grosse poignée de lin, pour travailler tout en bavardant.

Que la forêt était jolie, fraîche et dorée par l'automne ! Éléna avait oublié comme les sous-bois sentaient bon et elle allait gaiement, dans sa charrette neuve, au trot de ses alezans. Elle imaginait déjà la joie de ses frères, se passant la petite sœur de bras en bras ! Elle en riait toute seule, quand le vokietelis se dressa devant elle.

« Que me voulez-vous, mon bon seigneur ? demanda-t-elle d'une voix tremblante.

— Je veux te manger, mon enfant.

— Oh ! c'est que je ne suis guère bonne à manger... Je suis maigre et j'ai déjà tant travaillé que mes muscles sont noueux, ma peau rugueuse... Mais s'il vous plaît de goûter mes gâteaux, ils sont cuits de ce matin.

— Ta ta ta, dit le monstre, je suis sûr, rose et fraîche comme tu es, que je te trouverai à mon goût ! Mais donne toujours ces babioles en attendant. »

Et les neuf têtes avalèrent les neuf gâteaux en neuf bouchées, puis se tournèrent à nouveau vers la pauvre fille.

« Vous plairait-il d'enfiler mes neuf chemises tissées, de nouer mes neuf ceintures brodées... Elles iraient parfaitement à votre seigneurie. »

Petit-Allemand, d'assez mauvaise grâce, attrapa ceintures et chemises ; mais au lieu de les nouer ou de les enfiler, il se les fourra dans la gueule, les mastiqua un moment, puis se remit à contempler Éléna fixement.

« Or ça, petite fille, ce n’est pas tout... Ces hors-d’œuvre m’ont mis en appétit. Approche donc que je te tâte.

— Oh ! dit Éléna, j’avais oublié. Prenez donc encore ce petit présent. C’est excellent pour la santé. »

Elle lança adroitement dans une des gueules ouvertes le fuseau pointu et dans une autre une poignée de lin embroussaillé. Le fuseau écorcha la bête et la poignée de lin faillit l’étrangler. Les neuf têtes, de colère, virèrent du rose au pourpre et se mirent à rugir si épouvantablement que les chevaux hennirent et se cabrèrent. Le vokietelis se rua sur eux et se les engouffra. Ensuite il entreprit de déchiqueter la carriole et de fabriquer avec les planches des cure-dents. Ceci fait, il chercha autour de lui : où était passée la femme ?

Éléna, sans plus attendre, avait grimpé au sommet d’un chêne, dont les branches s’étaient inclinées exprès. Heureusement pour elle, Petit-Allemand était enrhumé. Il avait beau renifler partout, il ne la trouva pas. Allait-elle se tirer d'affaire ?

Alors arriva le coucou, mystérieusement averti du danger que courait son amie. Éléna chuchota :

Gentil oiseau, coucou joli,
Va-t'en chercher dans la clairière
Du secours près de mes neuf frères.

L'oiseau partit à tire-d'aile.

Il alla d'abord vers la chambre de Vincas, l'aîné des frères, et frappa à la vitre. Vincas était en train de se tailler la barbe avec beaucoup de soin.

L'oiseau se mit à chanter :

Votre sœur — coucou
En danger — coucou
Grimpe à l'arbre — coucou
Le dragon — coucou
Affamé — coucou
La regarde — coucou
À l'aide !
À l'aide !

« Sottises ! s'écria Vincas en colère, les ciseaux à la main. Qu'est-ce que tu me chantes là ? Éléna nous aurait prévenus de sa visite... Tu as failli me faire couper la joue. Va-t'en, oiseau de malheur ! »

Danuté s'approcha de la deuxième fenêtre. Le deuxième frère se débattait avec les manches de sa chemise, qu'il ne parvenait pas à enfiler. Quand il entendit le coucou, son visage joufflu se crispa, sa main esquissa un geste. Puis il recommença à s'entortiller dans les plis de la toile.

Le troisième frère faisait la sieste. Ses ronflements couvrirent la voix de l'oiseau. Le quatrième se coupait les ongles et ne leva même pas les yeux de l'extrémité de ses doigts. Le cinquième fumait la pipe, le sixième jouait avec son couteau, le septième avec son chien, le huitième avec son chat. Quant au plus jeune, Antanas, le préféré d'Éléna, il était si bien plongé dans ses pensées qu'il n'entendit pas le coucou. Pourtant, c'était à sa sœur qu'il songeait...

La pauvre Danuté s'en retourna tristement trouver Éléna dans son chêne.

Les neuf frères — coucou
Font la sieste — coucou
Ils sont sourds — coucou
L'un digère — coucou
L'autre rêve — coucou
L'autre tète — coucou
Sa pipe
Sa pipe

Cependant le vokietelis, n'arrivant pas à dénicher sa victime, s'apprêtait à rentrer chez lui. Quand il entendit l'oiseau, il revint sur ses pas. Il détestait particulièrement les oiseaux. Trop rapides pour lui, ils lui échappaient toujours ; et il n'aimait pas leur voix. Mais celui-ci allait lui rendre service.

« Ah ! Ah ! rusée petite bête, je t'entends, je te vois... Bien sûr, je ne t'attraperai pas, mais tu vas me conduire à celle pour laquelle tu chantes si bien... Il me semble que j'aperçois là-haut un bout de jupe. »

Pourtant il eut beau se dresser sur ses pattes, aucune de ses têtes, pas même la neuvième, la plus haute, ne parvint à atteindre Éléna, tant le chêne avait haussé ses branches. Petit-Allemand serait sûrement encore là, à se dandiner d'une patte sur l'autre, si la gourmandise ne lui avait donné une idée : il se mit à ronger à sa base le tronc énorme de l'arbre. Avec ses dix-huit rangées de dents, il allait vite en besogne.

L'arbre oscillait déjà. Éléna se cramponnait avec tant d'énergie que la bague qu'elle avait au doigt lui entra dans la chair. Sa bague... pourquoi n'y avait-elle pas pensé plus tôt ? Elle l'arracha de son doigt, la tendit à l'oiseau.

Coucou joli, petite amie,
Porte ma bague à la clairière.
Au plus gentil de mes neuf frères,
Antanas, tu la donneras.
En la voyant, il comprendra.

Ce que fit Danuté.

Cette fois, le jeune homme l'entendit. Il appela ses frères à la rescousse. Ils se précipitèrent dans la forêt, conduits par l'oiseau. Précédés par leurs neuf chiens, au galop de leurs neuf chevaux, leurs neuf épées étincelantes au poing, ils fondirent sur les neuf têtes et, d'un seul coup, les tranchèrent toutes les neuf.

Il était temps. Le chêne, vaincu, s'inclinait ; il put encore, avant de mourir de sa mort d'arbre, déposer Éléna évanouie dans les bras de ses frères, pendant que là-haut, tout là-haut dans le ciel, l'oiseau chantait :

Les neuf frères — coucou
Ont vaincu — coucou
Les neuf têtes — coucou
Ont perdu — coucou
Éléna — coucou
Renaîtra — coucou
À la vie
Coucou
Coucou

12. La Tarasque

PROVENCE

Dans les pays occidentaux, au Moyen Âge, le dragon représente le mal et le péché ; il incarne le diable. Nombreux sont les saints qui se sont attaqués à lui et l'ont vaincu, au nom de leur Dieu. Au XIIIe *siècle, Jacques de Voragine a recueilli certaines histoires dans sa* Légende dorée, *une œuvre dont le succès fut immense. Outre les dragons de saint Georges et de saint Michel, les plus célèbres, nous avons, en France, le Graouilly à Metz,*

dompté par saint Clément, la Gargouille à Rouen, que saint Romain combattit, la Chair Salée à Troyes, dont se débarrassa saint Loup, sans compter la Grand Goule à Poitiers et, bien sûr, la Tarasque...

Après la mort de Jésus, ses disciples et ses amis, les premiers chrétiens, durent fuir la Palestine. Parmi eux se trouvaient Lazare et ses deux sœurs, Marie-Madeleine et Marthe. On les obligea à monter dans une barque sans rames, ni voile, ni gouvernail, et, vogue le bateau !, il leur fallut affronter la mer avant de trouver une terre d'accueil.

Pourtant la traversée de la Méditerranée se fit sans aucune difficulté : pas de courant traître, pas de tempête, un ciel léger, une mer d'huile ; le bateau avançait comme poussé par les anges.

Les fugitifs abordèrent près de Marseille, en Provence, dans un pays qui ressemblait au leur, avec ses plaines caillouteuses, ses collines couronnées de chênes verts et de pins, son climat sec et chaud. Un fleuve puissant séparait la région en deux et, le long de ses rives, les hommes s'étaient établis — tous païens.

Alors Lazare et ses sœurs se séparèrent et partirent, chacun de son côté, pour convertir les gens du pays à la religion nouvelle.

Marthe s'installa dans une petite ville nommée Nazolon — ce qui signifie « le lieu noir ». En effet, à cet endroit, le Rhône était bordé par une forêt toujours sombre tant les arbres y étaient touffus. Et dans cette forêt vivait un dragon.

La Tarasque (c'était son nom), mi-bête, mi-poisson, plus grosse qu'une vache, plus longue qu'une jument, portait des cornes sur la tête et possédait des dents aussi tranchantes que des épées. Elle soufflait du feu, non par la gueule, comme tout dragon qui se respecte, mais par le derrière, et brûlait tout ce que son souffle touchait. Elle se nourrissait indifféremment d'animaux ou d'êtres humains, avec une préférence pour les petits enfants, parce que leur chair était plus tendre. Tantôt elle surgissait des bois à l'improviste, tantôt, tapie au fond du Rhône, elle faisait couler les bateaux, avalant les pêcheurs assez imprudents pour s'aventurer sur le fleuve, car elle se trouvait aussi bien dans l'air que dans l'eau.

Les habitants de Nazolon vivaient dans la terreur.

Marthe, qui était une vraie sainte, bonne et habile, soignait les rescapés et tentait de les consoler en leur parlant du paradis promis aux hommes de bonne volonté. Mais la peur ferme les oreilles et personne ne l'écoutait.

Alors elle prit sa décision. Par un bel après-midi d'été, elle s'en alla, seule, à la rencontre du dragon. Elle avait passé dans sa ceinture une croix, fabriquée avec deux bouts de bois et tenait à la main un flacon rempli d'eau bénite. Elle n'eut pas à chercher longtemps.

Quand elle arriva sur la rive, la Tarasque sortait du Rhône. La bête s'ébroua, dans un jaillissement de gouttelettes, puis s'abattit lourdement sur la berge. Ses écailles vertes étincelaient au soleil, du feu sortait de sous sa queue et, dans sa gueule, elle tenait un homme ruisselant, qui se débattait.

Marthe n'hésita pas un instant. Elle s'avança, brandit sa croix et aspergea le monstre d'eau bénite. La Tarasque aussitôt recracha l'homme, qui s'enfuit à toutes jambes. Puis elle baissa la tête et tendit le cou, si bien que la sainte n'eut plus qu'à lancer autour sa ceinture, dont elle se servit comme d'un licou. Et toutes deux se mirent en marche vers la ville, Marthe, toute petite à côté de l'énorme bête, qui se laissait conduire, devenue douce comme un agneau.

Les habitants de Nazolon n'en croyaient pas leurs yeux. Comment était-ce possible ? Ce petit bout de femme avait dompté le monstre qui avait dévoré tant des leurs ? La bête était à leur portée ? Ils allaient pouvoir se venger. Et malgré les protestations de Marthe, qui aurait voulu garder la Tarasque à son service, ils se jetèrent sur celle-ci et la tuèrent à coups de pierres. Ensuite, pour remercier la sainte de les avoir délivrés du mal, ils se convertirent en masse.

Mais ils n'oublièrent pas la Tarasque. Chaque année, au temps du carnaval, ils la promènent dans les rues, sous la forme d'un mannequin de papier. Bien plus, la ville a repris le nom de la bête puisque, désormais, elle s'appelle Tarascon.

13. Le Vieux des rochers

AMÉRIQUE DU NORD (INDIENS)

Nous connaissons bien aujourd'hui les contes recueillis parmi les tribus indiennes d'Amérique du Nord. Dits autrefois au coin d'un feu de camp, ils permettaient de transmettre aux jeunes ce que savaient les anciens, leurs règles de vie et leur conception du monde. William Camus, descendant d'un authentique Iroquois, a collecté un grand nombre de ces récits, dont celui-ci, transmis par les Indiens Caddo. Les héros parcourent

l'univers entier pour nous dire qu'il faut rester vigilants, car les monstres, même vaincus, peuvent toujours renaître.

Une femme avait deux filles. L'aînée attendait un enfant, la cadette était encore une fillette. Elles habitaient une hutte au bord d'un lac.

Or, sur la rive de ce lac, dans les rochers, vivait un monstre appelé Caddaja. Il avait un corps de serpent, glissant et luisant, des cornes aiguës, des griffes pointues. D'ordinaire il se tenait caché dans les broussailles entre les pierres, mais un jour il entendit des cris, des rires, la chute d'un corps dans l'eau, puis d'un autre corps, et des clapotis à n'en plus finir : c'étaient les deux filles qui se baignaient.

Caddaja, lentement, majestueusement, sortit de sa cachette et s'approcha.

« Bonjour, Vieux des rochers, c'est gentil de venir nous saluer, dit l'aînée.

— Je ne viens pas vous saluer, je viens vous dévorer », répondit le monstre, qui se jeta sur la fille et l'avala.

Ce que voyant, la cadette sortit de l'eau le plus vite qu'elle put et grimpa tout en haut d'un orme qui poussait là.

Caddaja tenta bien de monter à l'arbre, mais pas moyen... il avait beau essayer et essayer encore, ses écailles luisantes glissaient sur l'écorce et il dégringolait. Alors il s'y prit autrement. Il décida d'abattre l'arbre et commença à entamer le tronc, de ses cornes aiguës, de ses griffes pointues.

La fillette sauta du haut de l'orme dans le lac et nagea, nagea, tout au fond, un temps si long qu'elle put faire le tour de la Terre. Quand elle revint à son point de départ, le monstre était occupé à boire l'eau du lac, dans l'espoir de le vider et d'attraper la fille, si bien qu'il ne se rendit même pas compte qu'elle était à ses côtés. Sans bruit, elle se dirigea vers la hutte, où elle retrouva sa mère.

Elle lui raconta ce qui s'était passé.

« Ma fille aînée ! s'écria la mère. Dévorée par le Vieux des rochers ! Quel malheur !... A-t-il au moins laissé ses os ? Allons les chercher. »

La mère et la fille se rendirent sur la rive du lac. Elles cherchèrent longtemps, mais ne trouvèrent ni les os de l'aînée, ni Caddaja, qui, le ventre gonflé par l'énorme quantité d'eau qu'il avait bue, dormait dans les broussailles.

Tout ce qu'elles trouvèrent, ce fut une petite tache de sang sur une feuille. La mère la prit, la plaça dans la coque vide d'une noisette et la rapporta chez elle. Elle la mit au fond d'un vase en terre cuite.

La nuit vint. Les deux femmes dormaient quand elles furent réveillées par un bruit : quelque chose cognait dans le vase.

« Sortez-moi de là ! Je suis votre petit-fils et votre neveu ! Je sais tout ce qui s'est passé. Je vengerai ma mère ! Je suis un Brave ! »

La tache de sang dans la noisette s'était transformée en un beau jeune homme. Les deux femmes l'aidèrent à sortir du vase.

« Et maintenant, commanda-t-il, allez dans la forêt ramasser du bois et les plumes que laissent tomber les oiseaux. J'en ferai un arc et des flèches. »

Les deux femmes obéirent et, le lendemain matin, le jeune homme partit à la recherche du monstre qui avait dévoré sa mère.

« Préparez-moi un bon repas pour mon retour ! » cria-t-il à sa grand-mère et à sa tante en s'en allant.

Il n'eut pas à chercher longtemps. Caddaja, enroulé autour de ses rochers, chauffait ses écailles au soleil.

« Caddaja ! Holà Caddaja ! Vieux des rochers, réveille-toi ! Je vais te tuer. Mais je te laisse une chance. Prends ta lance !

— Je n'en ai pas.

— Ta hache de guerre !

— Je l'ai cassée.

— Ton coutelas !

— Je l'ai perdu.

— Que possèdes-tu alors ? ta méchanceté ? ta gourmandise ? Défends-toi ! »

Le Brave saisit son arc, ajusta sa flèche et visa le monstre entre les deux yeux.

Dès qu'elle atteignit Caddaja, la flèche se transforma en chêne et lui fit éclater la cervelle.

Le jeune homme retourna chez lui.

« J'en ai fini avec le Vieux des rochers... Je peux manger. Comme ça sent bon ! »

À la fin du repas, le Brave s'adressa aux deux femmes.

« Ce n'est pas tout d'avoir tué Caddaja. Je crains qu'un monstre de sa famille ne vienne le venger. Vous ne serez jamais en sécurité si vous restez près de ce lac. Suivez-moi ! Allons-nous-en d'ici ! »

Ils parcoururent la Terre entière sans trouver un lieu à leur convenance. Alors ils montèrent dans le ciel.

Ils y sont tous les trois à présent, la grand-mère, la tante et le petit-fils.

Et de là-haut le Brave voit tous les monstres qui se cachent dans les lacs et dans les forêts. Il bande son arc, il vise, il tire, et il les tue, comme il a tué le Vieux des rochers.

14. La bête-à-sept-têtes

CANADA

Ce conte, avec bien d'autres, a été recueilli par Germain Lemieux dans l'Ontario, une province couverte de forêts, située au milieu du Canada, entre la baie d'Hudson et les Grands Lacs. De vieux paysans francophones répétaient ces histoires, que leur avaient transmises leurs pères. Leur trame rappelle celle des contes d'Europe : le vaillant jeune homme, aidé par des animaux magiques, part chercher fortune et rencontre

le dragon. Mais cette fois, celui qui combat le monstre n'est pas un noble chevalier : c'est un simple petit homme des bois qui s'exprime avec des mots d'aujourd'hui et parle de dollars et non d'écus...

Au milieu de la grande forêt canadienne, dans une cabane de planches, vivaient Ti-Jean et sa vieille grand-mère.

Ti-Jean était un bon gars, toujours prêt à rendre service, le cœur à l'ouvrage et le sourire aux lèvres. Ils étaient bien pauvres, lui et sa grand-mère, et mangeaient plus souvent des galettes de sarrasin que des plats de roi. Mais rien n'était jamais trop bon pour les chiens.

Ti-Jean avait trois chiens merveilleux : Brise-fer, Entend-clair et Va-comme-le-vent. Ils ne parlaient pas, mais c'était tout comme, suivaient leur maître partout et lui obéissaient au doigt et à l'œil. Va-comme-le-vent était le plus efficace et le plus rapide des trois.

Un jour, Ti-Jean partit à la chasse dans la forêt.

« Fais bien attention à toi, Ti-Jean, lui dit sa grand-mère.

— Oui, oui, mémère. Ne t'en fais pas : avec mes chiens, je ne crains rien. »

En chemin, il trouva un papier cloué sur un arbre. Quelqu'un avait écrit quelque chose dessus. « C'est peut-être un message, pensa Ti-Jean. Moi, je ne sais pas lire, mais ma grand-mère, si. »

Il retourna donc à la cabane.

« Ah mon Dieu ! dit la vieille après avoir lu le billet. Il paraît qu'une bête-à-sept-têtes rôde par ici dans les bois. Et demain, elle ira trouver le roi pour qu'il lui donne sa fille à dévorer. La bête mange une personne par an. Demain, c'est son jour et c'est le tour de la princesse.

— Mémère, prépare-moi un casse-croûte pour demain.

— Mon Ti-Jean, si tu y vas, fais bien attention à toi !

— Oui, mémère, je ne crains rien avec mes chiens. »

Le lendemain, Ti-Jean s'en alla, avec son casse-croûte, son fusil et ses chiens, et se dirigea vers le château du roi. Mais le roi avait fait entourer la ville où il habitait d'une haute clôture de fils de fer barbelés.

À la rigueur, Ti-Jean aurait pu l'escalader, mais ses chiens, non : ils se seraient écorché la peau. Il fit le tour de la clôture et finit par trouver un trou. Les chiens s'y glissèrent. Ti-Jean, lui, lança son fusil pardessus les fils de fer, déchira son mouchoir en deux, s'enveloppa les mains avec les morceaux, grimpa jusqu'en haut de la clôture et sauta de l'autre côté. Il ramassa son fusil, et en route vers le centre de la ville avec ses chiens !

Les rues étaient désertes, ce qui l'étonna. Il se trouva bientôt devant une sorte d'auberge. Toc ! toc ! « Il n'y a personne ? »

Une vieille femme lui ouvrit.

« D'où venez, jeune homme ? Où allez-vous ?

— Euh... je viens des environs... Je vais... tout près d'ici. S'il vous plaît, madame, auriez-vous un morceau de viande à me vendre pour mes chiens ?

— De la viande... Oui, bien sûr, mais c'est cher.

— C'est que je n'ai pas beaucoup d'argent. Pourtant mes chiens ont très faim. C'est combien ?

— Quinze sous.

— Les voilà. J'ai de la chance, car, chez moi, c'est beaucoup plus cher ! »

Pendant que les chiens se régalaient, Ti-Jean poursuivit la conversation.

« Pardon, madame, pouvez-vous me dire pourquoi une clôture de barbelés entoure la ville ? J'ai pas mal voyagé, c'est la première fois que je vois ça !

— Vous ne savez pas ? C'est pour se protéger de la bête-à-sept-têtes !

— La bête-à-sept-têtes ? »

Ti-Jean faisait l'ignorant dans l'espoir d'en apprendre plus.

« Oui, vous avez bien entendu, à-sept-têtes ! Elle est terrible, cette bête... Mais la clôture ne sert à rien. La bête est capable de sauter par-dessus. Elle sort de ses bois une fois par an, à cinq heures de l'après-midi, pour réclamer ce qu'on lui doit. Après, elle s'en va. On est tranquille pour un moment.

— Et qu'est-ce que vous lui devez ?

— Un être humain à dévorer. » La vieille ajouta en baissant la voix : « Et justement c'est aujourd'hui que la bête sort des bois.

— Oh ! Et vous savez qui sera dévoré aujourd'hui ? »

La vieille prit un air important :

« C'est la propre fille du roi... Oui, monsieur, c'est comme je vous dis. À cette heure, le roi doit être en train de la conduire sur la grand-place, avec toute sa suite, les courtisans, les musiciens, les soldats, et la pauvre reine qui pleure comme une Madeleine. Tout le monde est là, pour saluer la princesse une dernière fois... Moi, je n'y vais pas, à cause de mes mauvaises jambes... Mais vous qui êtes jeune... la grand-place est au bout de la rue.

— Merci, madame, pour ces renseignements... Au revoir ! »

Ti-Jean s'en allait lorsqu'il se ravisa et revint sur ses pas.

« Madame, vous qui savez tout, avez-vous

une idée de l'endroit par où la bête entre dans la ville ?

— Bien sûr, jeune homme ! Elle prend toujours le même chemin. Vous l'entendrez venir de loin : elle fracasse tous les arbres sur son passage ! C'est par là. »

Et la vieille lui indiqua l'endroit.

Quand Ti-Jean parvint sur la place où s'était massée la foule, le cortège royal arrivait : les soldats, les courtisans, le roi, la reine qui pleurait, et la princesse dans sa robe de cérémonie. Les musiciens jouaient une marche funèbre. Dès que la jeune fille eut pris place sur l'estrade qu'on avait préparée pour elle, les cloches des églises se mirent à sonner lugubrement. Il serait bientôt cinq heures : la bête approchait.

À ce moment, Ti-Jean passa avec ses chiens devant l'estrade et jeta un coup d'œil sur la princesse. Qu'elle était belle ! et si pâle ! et comme elle avait l'air effrayé ! Il fallait absolument vaincre la bête qui prétendait l'avaler. Ti-Jean s'éloigna en toute hâte.

Mais la princesse, malgré sa peur, l'avait remarqué. « Le beau garçon ! murmurat-elle à son père, qui se tenait à ses côtés. Et vous avez vu les chiens qui l'accompagnent ?

— S'ils te plaisent, je leur ordonne de venir ici tout de suite, répondit le roi.

— À quoi bon, puisque je vais mourir ! » Et elle se mit à sangloter.

Cependant Ti-Jean s'était frayé un passage dans la foule et, par les rues désertes, avait poursuivi son chemin jusqu'à l'endroit que lui avait indiqué la vieille.

Il attendait la venue de la bête au pied de la clôture, seul avec son fusil, aussi impatient que ses chiens.

Il n'attendit pas longtemps. Le bruit des branches brisées par les sept têtes devint de plus en plus distinct, et la bête sortit des bois.

« Attention ! cria Ti-Jean à ses chiens tout excités. Dès qu'elle sautera la clôture, précipitez-vous sur elle ! »

Dès qu'elle sauta la clôture, clac ! les mâchoires de Brise-fer se refermèrent sur le cou de la première tête, clac ! Entend-clair en fit autant du deuxième cou, clac ! clac ! Va-comme-le-vent, tournant sa gueule à toute vitesse, atteignit presque en même temps la troisième et la quatrième têtes, puis, à lui seul, se rua sur la cinquième et la sixième, tandis que Ti-Jean continuait à crier : « Allez-y ! Sus à la bête ! Allez ! Allez ! À bas la bête-à-sept-têtes ! »

La bête, affalée, respirait à peine : il lui restait une seule tête. Elle n'en avait plus pour longtemps. Le soir tombait.

« Ça suffit maintenant, dit Ti-Jean à ses chiens. Calmez-vous ! Vous avez bien travaillé. »

Il se pencha sur les têtes qui rougissaient l'herbe et, méthodiquement, coupa toutes les langues — sauf la dernière. Il hésita. Allait-il laisser la bête mourante souffrir jusqu'au dernier moment ?

Il tira sur elle avec son fusil, mais cela ne servit à rien, la peau de la bête était trop épaisse.

Il s'adressa donc à ses chiens : « Finissez votre travail ! » Ceux-ci s'attaquèrent ensemble à la tête qui restait. Ti-Jean coupa la septième langue et la mit avec les autres au fond de son sac.

Puis, comme la nuit était venue et qu'il n'était plus temps de retourner voir la princesse sur la grand-place, Ti-Jean décida de rentrer chez lui, près de sa grand-mère. Il reviendrait le lendemain.

« Bonsoir, mémère. Tu ne t'es pas trop inquiétée ?

— Oh que si ! mon petit Jean... Il est bien tard. Avec cette bête qui rôde...

— Elle ne rôdera plus, la bête ! Mes chiens ont coupé ses sept têtes. La bête est morte, la princesse est sauvée. Demain j'aurai ma récompense. J'irai trouver le roi à l'heure du déjeuner : il m'invitera sûrement à partager son repas.

— Toi, à la table du roi ? Tu n'y penses pas ! Un pauvre petit gars comme toi !

— Pauvre, je ne le resterai pas... Réjouis-toi, mémère, car nous ne vivrons plus dans la misère. »

Le lendemain, Ti-Jean retourna à la ville. En route vers le château, il entendait les gens causer.

« Vous savez que la princesse a longtemps

attendu sur l'estrade... Elle a fini par s'en aller, à la nuit tombée.

— Ah oui ? Comment est-ce possible ? Peut-être que la bête n'a pas voulu d'elle ?

— Allez savoir ! Peut-être que la bête n'est pas venue...

— Peut-être que la bête est morte ? »

Ti-Jean riait tout seul en les écoutant.

« Bien sûr que la bête est morte puisque mes chiens l'ont tuée ! Venez, mes beaux, venez, mes chiens ! » Il s'arrêta même pour les caresser.

Comme il s'approchait du château, la fille du roi était à sa fenêtre. Elle l'aperçut, le reconnut et, se retournant vers le roi : « Père, faites-le venir... C'est le beau garçon d'hier avec ses chiens. »

« Que nous veut-il ? se demandait le roi en regardant Ti-Jean s'avancer. Avec son fusil et ses chiens, il a l'air de revenir de la chasse... »

Il s'adressa à Ti-Jean :

« Que nous veux-tu, mon ami ?

— Sire, mon roi, permettez-moi de vous

poser une question. Savez-vous si la bête-à-sept-têtes est morte ?

— Oui, je sais qu'elle est morte. Je connais même la personne qui l'a tuée !

— Et pensez-vous que cette personne mérite une récompense ?

— Bien sûr ! C'est presque fait ! Un joli magot comme récompense !

— Un joli magot ?

— Au moins cinq mille dollars qu'il va falloir tirer de nos caisses !

— En effet, c'est une somme... De quoi sortir de la misère !

— Pourtant ce bossu-là ne me dit rien qui vaille... Je n'arrive pas à croire qu'il a été capable d'un tel exploit... À ma fille non plus, il ne plaît pas.

— De quel bossu s'agit-il ?

— Pardi ! Celui qui a tué la bête !

— Celui qui a tué... C'est moi qui l'ai tuée, moi, Ti-Jean, ou plutôt mes chiens !

— Toi ? s'exclama le roi, surpris.

— Vous ! fit la princesse en rougissant.

— Qu'est-ce que tu racontes ? poursuivit le roi. Le bossu qui s'est présenté hier soir nous a montré les sept têtes qu'il avait coupées. On lui a donné la plus belle chambre du château. Et maintenant toi, tu prétends... Qu'on fasse venir ce bossu immédiatement ! »

Le bossu entra dans la salle en traînant des pieds, l'air inquiet. Il craignait que son mensonge ne fût découvert, bien qu'il eût avec lui les sept têtes.

« Sire, mon roi, demanda Ti-Jean sans se démonter en voyant les têtes étalées, vous qui êtes un chasseur expérimenté, avez-vous déjà tué des bêtes qui n'avaient pas de langue ?

— Moi, un chasseur expérimenté ! s'écria le roi, flatté. Ma foi, je suis surtout allé à la chasse aux perdrix... Mais toutes les bêtes que l'on tue à la chasse ont une langue. Quelle drôle de question !

— Eh bien, sire, mon roi, regardez ces têtes. Ont-elles des langues ? Non. Car leurs langues, les voici. »

Et Ti-Jean les sortit de son sac et les montra au roi, en disant :

« C'est moi qui, grâce à mes chiens, ai vaincu la bête-à-sept-têtes ! »

Le roi envoya le bossu en prison (il y est peut-être encore) et, comme c'était l'heure du déjeuner, il invita Ti-Jean à sa table, ainsi que la grand-mère, qu'on était allé chercher.

Lui proposa-t-il aussi la main de sa fille ? Le conte ne le dit pas.

Ti-Jean fut-il roi ? Je ne sais,
Pourtant je sais qu'il devint riche
Et s'habilla comme un monsieur,
Homme de bien et respecté,
Secourut tous les malheureux,
À ses trois chiens donna trois niches,
Et ne craignant plus la misère,
Vécut heureux avec mémère.

15. Le sang du dragon

ALLEMAGNE

La Chanson des Nibelungen, *écrite en allemand au début du* XIIIe *siècle, est un long poème épique qui conte les aventures de Siegfried et la façon dont son épouse le venge, en provoquant le massacre de ses ennemis. Siegfried est proche de Sigurd, personnage central des vieilles légendes scandinaves. Tous les deux, pour éprouver leur courage et s'emparer d'un trésor, tuent le dragon qui le garde. Le sang qui coule de ses*

blessures leur transmet des pouvoirs magiques. Mais la mort du monstre et la possession des richesses provoquent la perte des deux héros.

Au nord de l'Europe s'étendait autrefois un royaume de gel, de neige et de brouillard : le pays des Nibelungen. Quand le roi Nibelung Ier mourut, ses fils jumeaux, Nibelung II et Schilbung, montèrent sur le trône. Ils acceptaient de se partager le pouvoir, mais ils ne savaient comment faire pour se partager leurs richesses.

Ces richesses étaient immenses, composées d'un trésor fabuleux, capable de se renouveler chaque fois que l'on y puisait, et de trois objets magiques : l'épée Balmung, qui rendait son possesseur invincible, la Tarnkappe, qui le rendait invisible, et une baguette d'or, qui lui assurait la toute-puissance.

Le trésor des Nibelungen était à l'abri dans une montagne, au fond de grottes souterraines. Il avait deux gardiens : le nain

Albrîch, tout dévoué à ses maîtres, et un dragon.

Ce monstre était redoutable, tout griffes, crocs, venin et flammes. Le plus souvent, il dormait ; mais si des voleurs s'étaient approchés, même à pas légers, il aurait aussitôt bondi et adieu les hommes ! Sa réputation était grande.

Aussi Nibelung et Schilbung, se fiant à la terreur qu'il inspirait, pensaient-ils que personne n'oserait l'affronter. C'était compter sans Siegfried.

Siegfried était né au bord du Rhin, à Xanten, en Néerlande. Fils des souverains du pays, il était beau, fort et hardi. Aucun obstacle ne pouvait abattre son courage ; au contraire, le danger l'exaltait, l'enivrant comme du vin, le poussant à se surpasser.

Siegfried était encore tout jeune quand il entendit parler des Nibelungen, de leurs richesses et du dragon. Sans rien dire à ses parents, qui se seraient inquiétés, il prépara une expédition et partit pour le royaume du Nord, avec douze chevaliers, ses bons compagnons.

En arrivant avec sa petite troupe dans le pays des Nibelungen, Siegfried trouva les deux rois fort occupés à se partager leur trésor. Ceux-ci, après avoir éloigné le dragon, avaient fait apporter de la montagne une partie de leurs richesses, qu'ils avaient étalées sur la grand-place. Douze chevaliers géants les entouraient, ainsi que de nombreux hommes d'armes, des seigneurs venus de lointains châteaux, des serviteurs, des bourgeois, des paysans, toute une foule émerveillée et attentive. Pour que le partage fût valable, il devait être exécuté par quelqu'un de compétent, devant témoins.

Lorsque Nibelung et Schilbung virent le chevalier de Néerlande, ils lui trouvèrent fière allure ; en regardant l'emblème peint sur son bouclier, ils comprirent qu'il était de sang royal. Ils l'accueillirent aimablement et lui demandèrent, non seulement de servir de témoin, mais de présider au partage. Et pour le remercier d'avance du service qu'il leur rendait, ils lui offrirent l'épée Balmung. Siegfried n'osa refuser.

Ébloui par le scintillement des pierreries

et les innombrables tas d'or, il apprit que ce n'était là qu'une faible partie du trésor. Le reste demeurait enfoui dans la montagne, sous la garde d'un nain et d'un dragon. Qui plus est, ce trésor inépuisable se reconstituait dès que l'on y touchait. Dans ces conditions, comment le diviser en deux, puisqu'il se transformait sans cesse ?

Siegfried renonça à faire le partage et le déclara haut et fort. Une clameur de mécontentement s'éleva de la foule, les nobles présents murmurèrent et les douze chevaliers géants encerclèrent le jeune homme de Néerlande et ses compagnons d'un air menaçant.

Siegfried se crut offensé. Il n'était pas d'humeur patiente, mais de nature querelleuse et ardente. La colère le domina et, faisant bon usage du cadeau qu'il avait reçu, utilisa l'épée Balmung, dont les coups atteignaient immanquablement leur but. À lui seul, il tua les douze géants.

Puis la mêlée devint générale. Avec son petit groupe de chevaliers, Siegfried battit plus de sept cents hommes d'armes. Les deux rois, qui pourtant l'avaient reçu avec courtoisie, n'échappèrent pas au massacre. D'un seul coup de son épée, Siegfried leur trancha le cou. Mais avant de mourir, ils eurent le temps de le maudire.

Le chevalier de Néerlande était vainqueur. Avec seulement ses douze compagnons, il avait conquis le royaume des Nibelungen, ses plaines plongées dans la brume, ses montagnes aux sommets de neige, ses villages et ses châteaux. Tous les hommes de ce pays devraient le servir. Et il possédait le trésor.

Il fit reporter dans les grottes les richesses pour lesquelles on s'était massacré. Cent chariots furent nécessaires pour assurer le transport. Siegfried les accompagna jusqu'au pied de la montagne. De grands arbres, sapins et tilleuls, ombrageaient l'entrée des souterrains. Le dragon était invisible, caché derrière un rocher.

Mais Albrîch, désespéré par la mort de ses maîtres et décidé à les venger, se précipita sur le chevalier. Celui-ci ne voulut pas se servir de son épée contre le nain, qui n'était pas de naissance noble. Ils luttèrent à mains nues, furieusement, Albrîch étant d'une vigueur peu commune. Cependant Siegfried était le plus fort. Le nain se déclara vaincu et, pour avoir la vie sauve, jura au chevalier de Néerlande qu'il le servirait fidèlement.

Comme il allait prêter serment, des rugissements résonnèrent et le dragon apparut, grinçant des dents, crachant du feu, griffant le sol, glissant avec un bruit affreux sur sa peau écailleuse.

Cette fois Siegfried n'hésita pas à se servir de Balmung et l'épée magique s'enfonça dans le cou de la bête. Des flots de sang ruisselèrent sur l'herbe, si abondants que, la terre ne pouvant les absorber, ils formèrent des mares épaisses.

Alors Siegfried retira ses vêtements et se baigna, nu, dans le sang du dragon. Il savait qu'ainsi sa peau, imprégnée par le liquide, deviendrait aussi dure que du métal, qu'aucune arme ne pourrait l'entamer. Malheureusement, pendant qu'il se baignait, une feuille de tilleul tomba entre ses épaules et se colla sur son dos. À cet endroit, hélas !, il restait vulnérable.

Cependant, après avoir pris son bain de sang, Siegfried commença à préparer son départ. Il confia le trésor à Albrîch, n'emportant avec lui que quelques pièces d'or, la Tarnkappe d'invisibilité et sa bonne épée Balmung ; la baguette qui donne la toute-puissance ne l'intéressait pas ; n'avait-il pas accès à tous les pouvoirs grâce à son immense richesse ?

Tels furent les premiers hauts faits d'armes de Siegfried de Néerlande. Ses biens nouvellement acquis, il les devait à son courage. Mais il ne s'arrêterait pas en si bon chemin et ferait bien d'autres conquêtes...

Jusqu'au jour où son meurtrier viserait entre ses épaules la place de la feuille de tilleul. Ce jour-là serait accomplie la malédiction qu'avant de mourir lui avaient lancée les deux rois des Nibelungen.

Bibliographie

P. Absalon, F. Canard, *Les Dragons*, « Découvertes », Gallimard, 2006.

P. Ravignant, A. Kielce, *Cosmogonies. Les grands mythes de création du monde*, Le Mail, 1988.

T.H. Gaster, *Les Plus Anciens Contes de l'humanité*, Payot, 2001.

R. Graves, *Les Mythes grecs*, Hachette Littératures, 1999.

Ovide, *Les Métamorphoses*, Gallimard.

P. Bertrand-Ricoveri, *Mythes d'Amazonie*, L'Harmattan, 2005.

R. Mathieu, *Anthologie des mythes et légendes de la Chine ancienne*, Gallimard, 1989.

A. Birrell, *Mythes chinois*, Seuil, 2005.

C. Helft, *La Mythologie japonaise*, Actes Sud junior, 2003.

O.V. de L. Milosz, *Contes et fabliaux de la vieille Lithuanie*, A. Silvaire, 1972.

R. Wadier, *Légendes lorraines de mémoire celte*, Pierron, 2004.

W. Camus, *Légendes Peaux-Rouges*, Magnard, 1981.

J. de Voragine, *La Légende dorée*, Gallimard, 2004.

Les vieux m'ont conté, Bellarmin, 1990.

La Chanson des Nibelungs, traduit par J. Amsler, Fayard, 1992.

Table des matières

Frédéric Sochard

L'illustrateur est né en 1966. Après des études aux Arts Décoratifs, il travaille comme infographiste et fait de la communication d'entreprise, ce qui lui plaît beaucoup moins que ses activités parallèles de graphiste traditionnel : création d'affiches et de pochettes de CD. Depuis 1996, il s'auto-édite et vend « ses petits bouquins » sur les marchés aux livres, de la poésie... Pour le plaisir du dessin, il s'oriente depuis 2000 vers l'illustration de presse ; il débute dans l'édition avec Castor Poche. Et avec tout ça, il a trouvé le temps de faire plusieurs expositions de peinture...

Françoise Rachmuhl

L'auteur aime les contes depuis toujours. Elle aime les écouter dès son enfance lorraine, les inventer, les lire. Plus tard, elle se mettra à en écrire. Au cours de ses nombreux voyages, elle a recueilli récits traditionnels et légendes, dits ou publiés en français ou en anglais (elle a séjourné aux États-Unis). Elle a publié pour la jeunesse une dizaine de recueils de contes de différents pays ou des provinces de France. Après avoir longtemps travaillé dans l'édition scolaire, elle anime actuellement dans des classes des ateliers d'écriture de contes ou de poésie.

Du même auteur :
13 contes et récits d'Halloween (Castor Poche, n° 774)
15 contes d'Europe (Castor Poche, n° 853)
18 contes de la naissance du monde (Castor Poche, n° 900)
16 métamorphoses d'Ovide (Castor Poche, n° 943)
18 contes de Cuba (Castor Poche, n° 1002)
Tristan et Yseut (Castor Poche, n° 1046)

Vivez au cœur de vos

passions

Katie et le cheval sauvage n°1004
1. Une rencontre inespérée
Kathleen Duey

Les autres aventures de Katie :
2. Un voyage mouvementé
3. Un défi gagné
4. Une nouvelle vie

À la mort de ses parents, Katie a été recueillie par les Stevens. Elle consacre ses journées à les aider aux travaux de la ferme. Mais Katie souffre de sa solitude et rêve d'une autre vie... Un jour, M. Stevens revient avec un cheval sauvage. Katie est la seule à pouvoir l'approcher. De cette rencontre va naître l'espoir... Katie apprivoise son nouvel ami...

Les années

avec **CASTOR POCHE**

Un cheval peut en cacher un autre n°974
Marie Amaury

Marine ne supporte pas Hughes, son "beau-père", et ce dernier le lui rend bien ! Surtout lorsque la jeune fille détruit, par accident, le disque dur de son ordinateur. En guise de punition, Marine se voit contrainte de travailler 13 heures par semaine dans le haras que dirige Hughes. Marine découvre un nouvel univers plein de surprises...

Les années

avec **CASTOR POCHE**

La Cavalière de minuit n°973
Victoria Holmes

Helena a beau être la fille aînée de Lord Roseby et vivre dans un manoir, c'est une demoiselle qui n'a pas froid aux yeux ! Sa grande passion, ce sont les chevauchées nocturnes avec Oriel, un superbe étalon. Quand elle apprend que des trafiquants sévissent sur la côte et menacent la sécurité de tous, elle décide de mener l'enquête... au galop !

Les années

avec **CASTOR POCHE**

Cheval fantôme 1
L'étalon sauvage
Terri Farley

n°972

Dans la même série :
Cheval fantôme
Un mustang dans la nuit

Samantha revient chez elle après deux ans d'absence, suite à un grave accident de cheval. Quelle joie de retrouver le ranch du Nevada ! Mais un être lui manque : Blackie, son cheval, qu'elle avait su apprivoiser... jusqu'à l'accident. Depuis, nul ne l'a revu. Et soudain, un étalon d'argent surgit de nulle part. Blackie est-il revenu lui aussi ?

Apomi et le Grand Masque n°1006
Odile Weulersse

Il est de retour! Après quatre ans d'absence, le père d'Apomi est revenu au village à la plus grande joie du jeune garçon. Mais très vite, de curieux événements troublent les esprits. Un inquiétant étranger rôde, le père d'Apomi semble soucieux, et le devin fait de terribles prédictions : le village tout entier risque de perdre la protection magique du Grand Masque...

Les années

avec **CASTOR POCHE**

Les Princes du cerf-volant n°983
Linda Sue Park

Deux frères ont une passion commune : le cerf-volant. L'un connaît tous les secrets de fabrication, l'autre manie les ficelles comme un véritable virtuose. Tous les jours, Ki-Sup et Young-Sup jouent et inventent mille figures avec leur tigre ailé. Un jour, un garçon les remarque et leur commande un cerf-volant. Mais ce jeune garçon n'est pas n'importe qui...

Les années

avec **CASTOR POCHE**

Cet
ouvrage,
le mille cinquante-cinquième
de la collection
CASTOR POCHE,
a été achevé d'imprimer
sur les presses de l'imprimerie
Maury Eurolivres
Manchecourt – France
en juillet 2007

Dépôt légal : août 2007.
N° d'édition : L01EJEN000173. Imprimé en France.
ISSN : 0763-4497
Loi n° 49-956 du 16 juillet 1949
sur les publications destinées à la jeunesse